Anne Weber

KIRIO

Roman

S. FISCHER

Die Autorin bedankt sich beim Deutschen Literaturfonds e.V.
für die Unterstützung.

Erschienen bei S. FISCHER

© 2017 S. Fischer Verlag GmbH, Hedderichstr. 114,
D-60596 Frankfurt am Main

Satz: Dörlemann Satz, Lemförde
Druck und Bindung: CPI books GmbH, Leck
Printed in Germany
ISBN 978-3-10-397269-6

KIRIO

WHO'S WHO

Wer ich bin? Vielleicht wird es sich im Laufe dieser Geschichte herausstellen. Im Moment wüsste ich es selbst nicht mit Gewissheit zu sagen. Aber ich habe die Hoffnung, einem Detektiv in die Hände gefallen zu sein. Einem Leser mit detektivischem Gespür. Und am besten einem ebensolchen Autor. Wenn ich Glück habe und sie es darauf anlegen, werden sie mir auf die Spur kommen. Und am Ende werden wir alle wissen, mit wem oder was wir es zu tun haben.

Die Welt reist viel in mir herum. Es könnte sein, dass ich ein Botschafter bin. Nur weiß ich nicht, auf wessen Geheiß ich tätig werde oder ob ich in eigenem Auftrag handele. Ich habe das Gefühl, schon immer dagewesen zu sein. Aber hat das nicht jeder? Wer erinnert sich schon daran, wie und wann er in die Welt kam? Auch scheint mir, dass ich in dem Abseits, in dem ich wohne, für die meisten unsichtbar und unhörbar bin. Doch auch das mag für viele andere gelten. Es hat nicht viel Sinn, über meine Identität zu rätseln, solange die Geschichte noch nicht angefangen hat, in der ich eine gewisse, übrigens nicht immer glorreiche Rolle spiele.

Die Erzählung dürfte jetzt unverzüglich beginnen und vermutlich hat sie einen Erzähler. Mindestens einen. Nicht, dass Sie denken, Sie hätten das Rätsel schon gelöst: Ich bin es nicht. Jedenfalls nicht der einzige. Erzähler Nummer Eins liegt noch im Bett. Jetzt, da ich genauer hinsehe, muss ich leider feststellen: Er schläft. Und wenn ich ihn in Ruhe betrachte, wird offensichtlich: Es ist gar kein Erzähler. (Es ist auch kein Flusspferd.) Es ist eine Erzählerin. Um die Zeit bis zu ihrem Erwachen zu überbrücken, springe ich kurz mit einigen Vorbemerkungen ein. Denn auch wenn ich ihm noch nie die Hand geschüttelt und noch nie mit ihm gesprochen habe, kenne ich den Helden dieser Geschichte so gut, als hätte ich ihn selbst erschaffen. Und ich kann versichern, dass er den Namen eines Helden – und nicht etwa nur den eines Protagonisten – verdient.

Wer ist dieser Mann?

Bis er auftauchte, hatte ich von der Gattung Mensch eine recht genaue Vorstellung. Ich sah die Zutaten vor mir, aus denen sie, in variablen Proportionen, zusammengesetzt ist: Bosheit, Güte, Liebes- und Machthunger, Härte, Sanftmut, (Neu-)Gier, Angst und so weiter. Das Menschengeschlecht war mir in seinen verschiedenen Ausführungen, der männlichen und der weiblichen und sogar in einigen Zwischenformen, hinreichend bekannt; auch hatte ich ihm seit einiger Zeit immer häufiger den Rücken gekehrt und mich stattdessen in die erfreulicheren und erstaunlich vielfältigen Erscheinungs- und Lebensformen der Libelle vertieft.

Dann kam Kirio. Kirio warf alles um, angefangen mit sich selbst. Es hielt ihn nie sehr lange auf seinen zwei Beinen. Deshalb erfand er das Rad. Nicht das greifbare, handfeste, das nun einmal schon erfunden ist, sondern ein anderes, das ebenfalls zur Fortbewegung dient: Sooft er konnte und der Gehsteig vor ihm frei war, schlug Kirio Rad, statt wie jedermann einen Fuß vor den anderen zu setzen.

Kirio war weder besonders groß noch besonders klug noch ausgesprochen schön. Erst fiel er nicht weiter auf, doch dann fiel er sehr schnell aus der Reihe und nicht selten auch aus der Rolle. Entgegen allen Gesetzen zwischenmenschlicher Perspektive, wurde er immer gewaltiger, je näher man ihm kam.

Der angehende Erzähler, nein, die Erzählerin, hat Glück, sie weiß noch nicht, was auf sie zukommt, sie schlummert noch süß. Sie wird eine schwierige Aufgabe haben: Genauso gut könnte sie darangehen, eine Wolke mit einem Schmetterlingsnetz einzufangen oder das Rote Meer wie einen Borschtsch mit der Suppenkelle auszuschöpfen. Für Kirio müsste sie die Grammatik sprengen, neue Wörter und am besten ganz neue Buchstaben erfinden. Ein neues Fürwort müsste her: nur für Kirio. Ich du er sie es wir ihr sie. Das soll's gewesen sein? Damit ließe sich alles erfassen? Da soll alles reinpassen? Auch Kirio, der so anders ist als alle anderen? Mit acht Wörtchen sollen Milliarden

Menschen und wer weiß wie viele Billiarden Tiere, sollen alle Erscheinungen dieser Erde und darüber hinaus erfasst werden können? Und zugleich jedes denkbare Verhältnis, in dem jede dieser Erscheinungen zu den jeweils anderen stehen kann? Jeder mögliche Blickwinkel?

Absurd. Vergessen wir es. Vielmehr: Vergessen wir es nicht! Vergessen wir ihn nicht. Es wird Zeit, Erzählerin Nummer Eins zu wecken. Blinzelt sie nicht schon mit verschlafenen Augen?

Womit beginnen? Mit dem beginning.

WIE KIRIO DEN SCHATTEN DER WELT ERBLICKTE (UND WIE DIESER LICHT FÜR IHN WAR)

Bonjour! (Dies ist nicht Kirio speaking, sondern myself, die Erzählerin Number One). Allen, die glauben, auf den kommenden Seiten einen Blick unter die Bettdecke einer halbnackten jungen Dame werfen zu können, sei die Enttäuschung gleich zu Anfang ins Gesicht geschrieben:

Ich bin schon etwas älter.

Um ehrlich zu sein, ich könnte die Mutter des Helden sein.

Um noch ehrlicher zu sein: Ich *bin* seine Mutter.

Ich weiß gar nicht, warum Sie so erstaunt gucken. Es hat doch wohl nichts Abwegiges, wenn es um die Geburt eines Kindes geht, zunächst einmal dessen Mutter zu befragen.

Also. Fangen wir unverzüglich an.

Das Kind zeichnete sich von Anfang an dadurch aus, dass es nicht in Erscheinung treten wollte. Ich wusste genau, dass es schon da war die ganzen Jahre über, in denen ich nicht schwanger wurde, und ich flehte es an, doch endlich einmal zu wachsen und Gesicht zu zeigen. Vergeblich. Staubkörnchengroß schwamm es in meinem Bauch und weigerte sich, ein unleugbarer Mensch zu werden. Während ich nicht jünger wurde in diesen Jahren, wurde das Kind um keinen Tag älter. Worauf wartete es? Das sollte ich an meinem 37. Geburtstag endlich erfahren. Es war kein gewöhnliches Kind, dessen Entstehung mit der Verschmelzung zweier Keimzellen beginnt und dann einfach seinen sogenannten natürlichen Lauf nimmt. Es wollte angekündigt werden! Und es wurde angekündigt. Am Morgen meines siebenunddreißigsten Geburtstags bekam ich einen Anruf. Es meldete sich eine mir unbekannte Person, die nicht ihren Namen nannte und deren Stimme die sehr tief geratene einer jungen Frau oder auch eine ungewöhnlich zarte Männerstimme hätte sein können.

Verzeihen Sie bitte vielmals, wenn ich Sie störe, sagte die Stimme.

Auserlesene Umgangsformen hat dieser Blumenlieferant, dachte ich. Oder wer sollte das sonst sein.

Darf ich Sie fragen, ob Sie gerade stehen oder sitzen?, fuhr die Stimme fort.

Ich stand.

Wenn Sie so freundlich wären, Platz zu nehmen.

Erstaunt über die eigene Fügsamkeit, setzte ich mich auf den Küchenstuhl.

Haben Sie mir eine gute oder eine schlechte Nachricht zu verkünden?

Im Nachhinein kommt es mir so vor, als hätte die Stimme an dieser Stelle kurz gezögert.

Ich möchte verhindern, dass Sie in die Äpfel fallen, sagte sie schließlich, womit sie, falls es etwa eine französische Stimme gewesen sein sollte, in Ohnmacht fallen gemeint haben könnte.

Die Äpfel fallen nicht weit vom Stamm, murmelte ich in Gedanken vor mich hin.

Täuschen Sie sich nicht!, rief die Stimme. Das genau ist der Grund meines Anrufs. Sie werden es mit einem besonderen Apfel zu tun bekommen.

Mit einem wurmstichigen, meinen Sie?

Nein.

Mit einem, der, kaum vom Stamm gefallen, die Böschung runterrollt?

Nein.

Sondern?

Mit einem, der gar nicht fällt.

Wie das?

Sie werden einen Apfel bekommen, der steigt.

Ich schaute auf die Schale roter, fettig glänzender Äpfel, die vor mir auf dem Küchentisch stand.

Einen Luftballon, meinen Sie?

Auf diese Frage bekam ich keine Antwort mehr.

Das Letzte, was ich von der Stimme hörte, war ein seltsam antiquiertes: Gehaben Sie sich wohl.

Neun Monate später kam Kirio zur Welt.

Vorher musste noch schnell geheiratet und kurz entschlossen eine Hochzeitsreise nach Italien unternommen werden, obwohl der Apfel zu diesem Zeitpunkt schon auf die Größe eines Kürbisses angewachsen war.

Es ging mir erstaunlich gut in diesen Wochen und Monaten, auch spürte ich den Bauch kaum als Gewicht, eher verschaffte er mir eine Art leichten Rückenwind. Es war meine erste Schwangerschaft, und so fand ich diesen mir unbekannten Antrieb nicht weiter verwunderlich.

Wenn ich alleine war, redete ich manchmal mit dem Kind – tun das nicht alle angehenden Mütter? Und das Kind antwortete. Damals dachte ich, das täten alle ungeborenen Kinder. Natürlich sagte es keine langen, verschachtelten Sätze, auch gebrauchte es fast nur die Gegenwartsform, und den Konjunktiv II habe ich es nie verwenden hören. Aber es antwortete, da bin ich mir sicher. Ich wandelte mit ihm durch Steineichenwälder und entlang blühender Lavendelfelder, denn wir lebten in der Drôme, in einem Dorf im Süden Frankreichs mit Namen Espeluche (sprich: Äspölüsch), zu einer Zeit, in der in dieser Gegend die Sterne noch nicht die Restaurants bekleideten und die Souvenirläden und Spa-Hotels noch nicht den Bäcker und Metzger ersetzt hatten. Oft fragte ich es an den Abzweigungen, nach welcher Seite ich mich wenden solle, und es antwortete mir nie mit rechts oder links, sondern sagte etwa: »querfeldein« oder »den Hügel hinauf« oder »zu den überwucherten Brunnen«, was im Übrigen eindeutiger war, wenn man seine besondere, zudem wechselnde Lage bedenkt und somit die Tatsache, dass sein Rechts und sein Links nicht unbedingt mit meinen übereinstimmen mussten. Ich nannte ihm im

Vorübergehen die Namen der Pflanzen, die Zistrose, den Stechginster, die Wolfsmilch, die Immortellen, den Wacholder und natürlich Rosmarin und Thymian, und es freute sich und bat mich oft innezuhalten, an eines der Gewächse näher heranzutreten und daran zu riechen, als könnte es durch meine Nase an den Wohlgerüchen der provençalischen Pflanzenwelt teilhaben. Immer wieder machte es mich auf Tiere aufmerksam, die mir auf den abschüssigen Wegen oder im Gestrüpp leicht entgangen wären, eine Eidechse, eine Goldammer, eine Binsenjungfer und einmal sogar eine fette kleine Viper, auf die ich beinahe meinen rechten Fuß gesetzt hätte.

Die Schwangerschaft verlief normal, die Hochzeitsreise auch, wenn man unter normal versteht, dass wir uns am ersten Reisetag stritten, am zweiten aus den Augen verloren und erst kurz vor der Heimreise zufällig wieder über den Weg liefen. Natürlich stand man damals noch nicht in ständiger Telefonverbindung, und überhaupt war alles nur halb so schlimm. Wenn sich sein Vater entfernte, hielt ich Zwiesprache mit dem Kind, das sich seinerseits nie entfernte: Es war dabei, wenn wir Zucchiniblüten und Puntarelle aßen, es war dabei, wenn wir tankten und zankten, und es war dabei, wenn wir uns liebten, was mir manchmal ein wenig peinlich war. Bis zum vorgesehenen Datum der Niederkunft waren es noch Wochen hin, als wir uns langsam auf den Heimweg machten, der ebenfalls normal verlief. In Asti gewann das Pferderennen ein

Reiter, den sein Pferd schon nach den ersten Metern abgeworfen hatte, was aber nicht weiter störend war, denn den Regeln des dortigen Palio zufolge müssen die Pferde entweder ohne Sattel oder gar nicht geritten werden. In Turin und in Gedanken trafen wir Cesare Pavese, Italo Calvino und Natalia Ginzburg. In Avigliana waren wir nicht weit, als der Heilige Mauritius aus dem Himmel einen Palmzweig gereicht bekam. Keine besonderen Zwischenfälle, wie gesagt, nur Zwischenstationen. Kaum aber hatte uns der Fréjus-Tunnel verschluckt, fing das Apfelkind furchtbar in mir zu ziehen an. Es war ein sonniger, warmer Herbsttag und wir fuhren mit hundertzwanzig Kilometern pro Stunde oder dreiunddreißig Metern pro Sekunde in einen Berg hinein. Der Berg ist groß, der Tunnel lang. In der Mitte des Berges angekommen, hielt der Kindesvater den Wagen in einer Ausweich-Nische an, die leider keine akustische war, und so musste er weiter meine Schreie ertragen. Es kann nicht anders gewesen sein, als dass die Autos an uns vorüberrauschten, doch hätte neben uns eine Pinguinvölkerwanderung stattgefunden, ich hätte ebenso wenig davon mitbekommen. Ich kauerte auf der Rückbank und drückte, nicht so sehr um das Kind als um die unerträglichen Schmerzen loszuwerden, und da der Berg mir Hilfe leistete und mitdrückte, erblickte Kirio innerhalb weniger, endloser Augenblicke den Schatten der Welt. Im Dämmer eines langen Zylinders wurde er geboren; wie einen raschen Seitenblick warfen die vorbeigleitenden Autos einen fahlen

Schein auf sein winziges, blutverschmiertes Gesicht; die Schatten, die über ihn hinweghuschten, blendeten ihn, und er kniff die verquollenen Augen zu, als stünde er im grellsten Mittagslicht.

Zu zweit waren wir aufgebrochen, zu dritt kehrten wir heim. Weil seine Großmutter väterlicherseits aus dem bretonischen Ort Plogonnec stammte, wurde der Junge auf den Namen Kirio getauft. Nachdem es mit drei Jahren immer noch kein Wort sprach, entdeckte der Vater die Möglichkeit, dieses Kind könne nicht sein eigenes sein, und ließ mich mit einigen Sorgen und zwei Paar löcheriger Socken allein. In der ersten Zeit schickte er manchmal eine Postkarte und einmal sogar Geld in einer mir unbekannten Währung; eine ordentliche Summe, bevor ich sie umgetauscht hatte. Dann vernahm ich nur noch sein beredtes Schweigen.

Die ersten Lebensjahre des Kindes verliefen normal, wenn man unter normal versteht, dass es schrie und prustete und biss, wenn ich ihm die Brust geben wollte, was auch bei zahnlosem Mund erstaunlich schmerzhaft war, doch gedieh es gleichwohl. Später versuchte ich vergeblich, ihm die Wörter »Mama« und – jedenfalls solange es noch einen solchen gab, auf den man zeigen konnte – »Papa« beizubringen, nahm es aber nicht persönlich, denn mit »Mond«, »Hund« oder »Arm« hatte ich auch nicht mehr Erfolg. Schließlich probierte ich es mit »Differentialgleichung« und »Aufmerksamkeitsdefizitsyndrom«, und tatsächlich kam da ein Leuchten in Kirios mittlerweile sehr große und runde Augen; aber auch das verflog. Seinem hartnäckigen Schweigen zum Trotz war offensichtlich, dass er das meiste von dem verstand, was von mir oder von wem auch immer in seiner Umgebung gesprochen wurde. Und nicht nur, dass er verstand, er antwortete auch auf seine sprachlose Weise, so dass ich keinen Grund sah, warum er nicht Kernphysiker oder Chefdirigent der Berliner Philharmoniker werden sollte. Für untergeordnete Tätigkeiten schien er mir von Anfang an nicht geeignet, gebe ich zu, was aber weniger mit übertriebenem mütterlichen Ehrgeiz als mit den früh sich ankündigenden außerordentlichen Fähigkeiten des Knaben zu tun hatte. Mit drei Jahren konnte er seinen Namen schreiben, mit vier den *Dauphiné libéré* lesen, mit fünf nicht nur den Großen und den Kleinen Bären, sondern auch den Bärenhüter, die Kassiopeia und die Andromeda voneinander unterscheiden. Und so war mir schon im Voraus klar, wie der Hörtest ausfallen würde, der ihm schließlich verordnet wurde: Sein Gehör war nicht nur ausgezeichnet, es war, wie alles an ihm, absolut.

Kurz nach seinem siebten Geburtstag meldete ich ihn im Konservatorium von Saint-Paul-Trois-Châteaux in der Klavierklasse an. Er stand dabei, als die Frau, die uns empfing, mich fragte, wie alt er sei, ob er vorher schon ein Instrument gelernt habe und einiges mehr.

Ich möchte lieber Flöte spielen lernen, sagte er.

Also schrieb ich ihn für Flöte ein. Als wir wieder daheim waren, wurde mir klar, dass dies die ersten Worte waren, die ich ihn je, vielmehr seit er von mir getrennt war, hatte sagen hören. Von da an konnte er sprechen, besser gesagt: von da an sprach er. Aber vor allem spielte er Flöte.

HU'S HU

Mütter! Wenn man ihnen Glauben schenkte, müsste die Welt mit Genies bevölkert sein; stattdessen wandert man umher und wundert sich, allenthalben so vielen Trotteln zu begegnen. Niemand will behaupten, dass unsere Mütter, unsere ehrwürdigen, unermüdlich unter Schmerzen und manchmal sogar um den Preis ihres Lebens neue Menschengenerationen hervorbringenden Mütter, lügen. Sie zeugen bloß davon, was sie sehen und hören, und was sie sehen und hören, ist häufig, wie bei anderen Leuten auch, was sie zu sehen und zu hören wünschen.

Ist es also wahr, dass Kirios Mutter ihren Sohn sieben Jahre lang nicht sprechen hören wollte?

Vielleicht hatte sie ihn schon vor der Geburt so viel sprechen gehört, dass sie an seinen Sprachkenntnissen nicht zweifeln konnte.

Aber außer ihr selbst dürfte wohl jeder, der den Jungen kannte, daran gezweifelt haben?

Sie wollte ein ganz besonderes Kind haben.

Und war es das nicht auch?

In gewissem Sinne schon.

(Ich bin offenbar einer, der gerne laut Selbstgespräche führt. Schon mal an einen Irren gedacht?)

In gewissem Sinne? In welchem Sinne, in Gottes Namen? Raus mit der Sprache!

Und so höre ich denn auf zu dialogisieren und behaupte: Das Kind mit Namen Kirio konnte Wunder vollbringen.

Konsterniertes Schweigen rundum. (Ein Irrer, meinten Sie?)

Es konnte Wunder vollbringen, sage ich. Doch es vollbrachte keine.

Aaaaah!

Ich meine, die meiste Zeit über vollbrachte es keine. Einmal aber wenigstens hat es ein Wunder vollbracht, und der Zufall wollte es (und ich wollte es auch, so dass ich mich schon frage, ob ich nicht zufällig der Zufall bin), dass ich dieser Begebenheit beiwohnte und nun also davon berichten kann.

Es war acht Uhr morgens, Kirio hatte vor einiger Zeit sein Fläschchen bekommen und lag nun sachte strampelnd und gurrend in seiner Wiege und war drauf und dran, wieder einzuschlafen. Denn, ja, so wahr ich hier stehe oder schwimme oder schwebe: Das wundersame Ereignis trug sich schon wenige Wochen nach seiner Geburt zu. Nach einer Weile gab das Kind kaum mehr einen Laut von sich, nur die Pupillen fuhren hinter den zu Schlitzen geöffneten Lidern unruhig hin und her.

Dann stieß es den Schrei aus. Einen Schrei, wie man ihn, außer vielleicht in Büchern, noch von keinem

Kind vernommen hatte und der durch das ganze Dorf gellte und bis in die Weinkeller und auf die Dachböden drang.

So so, ein Babyschrei. Ein Wunder sieht aber anders aus, oder?

Das war auch nicht das Wunder. Das Wunder war, was im Stockwerk darüber geschah oder vielmehr nicht geschah. Und wovon außer mir bis heute keiner erfuhr.

Denn über Kirio und seiner Mutter lebte ebenfalls ein Sohn, ein erwachsener allerdings, allein mit seiner Mutter. Dem jungen Mann waren in seiner frühen Jugend schizophrene Persönlichkeitsstörungen bescheinigt worden, und seither schluckte er täglich Pillen, die ihn aber seiner festen Überzeugung und dem Beipackzettel nach krank machten und die einzunehmen er an jenem Morgen wie auch schon an den vorhergegangenen Tagen versäumt hatte. Als Kirios Schrei ertönte, war er im Begriff, im Wahn seiner schlafenden Mutter mit der Axt den Schädel zu spalten. Der Schrei riss sie aus dem Schlaf, und sie nahm dem verunsicherten Sohn die Axt ab und verriet bis an ihr Lebensende, das einige Jahre später auf natürliche Weise eintrat, niemandem etwas von dem Mordversuch.

Gewiss werden sich Leute finden, die in einem solchen Ereignis einen Zufall (mich am Werke?) sehen. Ist dann aber nicht alles Zufall, was geschieht? Denn genauso gut könnte das Kind rein zufällig nicht geschrien haben und der Schädel der Mutter folglich gespalten worden sein. Der Zufall ist eine der schönsten Einrichtungen, die wir haben, behaupte ich. (Bin ich Narziss?) Er fällt bald zu unseren Gunsten, bald zu unseren Ungunsten aus, und in den meisten Fällen bleibt er unerkannt.

Aber let's go back to the point. The point is, dass Kirio, kaum war er auf der Welt, ein Menschenleben rettete, ja, einen Matrizid verhinderte. Gerade noch lag er friedlich in der Wiege und schlummerte. Warum hätte er unvermittelt einen durchdringenden Schrei ausstoßen sollen, wenn nicht, weil er spürte, welches Drama sich über seinem Kopf anbahnte?

Also gut, für die ewigen Skeptiker unter Ihnen will ich noch von einem anderen, weniger spektakulären, aber eindeutigeren Wunder berichten. Die Szene spielte sich ungefähr um die gleiche Uhrzeit ab, kurz nach acht Uhr morgens, aber einige Jahre später, als Kirio bereits zur Schule ging. Die erste Stunde fing um halb neun an, und wie gewöhnlich fuhr Kirio zusammen mit Lucien, einem drallen und etwas einfältigen Jungen aus der Nachbarschaft, mit dem Fahrrad zur Schule, und wie gewöhnlich waren die beiden spät dran, weil sie, also vornehmlich Kirio, sich wieder einmal von einer Eidechse hatten hypnotisieren oder von einem Motorradwrack am Straßenrand hatten in Anspruch nehmen lassen. Da bekam Lucien einen Platten. Der Zwischenfall wäre nicht weiter von Bedeutung gewesen, wenn Lucien nicht so gut wie jeden Tag zu spät gekommen wäre und die nahe Zukunft sich nicht schon

24

als eine schier unbezwingbare Wand aus Strafaufgaben vor ihm aufgebaut hätte.

Sie standen mit ihren Rädern an einer wenig befahrenen Landstraße, und so schaute keiner außer mir zu, als Kirio den Arm ausstreckte und, den Blick auf Luciens leicht offen stehenden Mund gerichtet, seine rechte Hand auf den defekten Reifen legte, der jetzt prall und fest in seiner Handfläche lag.

Vielleicht war er nie defekt gewesen? Vielleicht hatten sie sich getäuscht?

Ich wusste es besser (wer immer ich sonst noch sein sollte: ich bin ein Besserwisser).

Kurz darauf saßen sie wieder auf den Sätteln und zwei Minuten vor Schulanfang betraten sie das Schulgebäude.

Derlei Geschichten gäbe es viele zu erzählen, doch auch von ihrer Anhäufung ließe sich einer, der nicht an Wunder glaubt, und wer tut das schon, nicht überzeugen. Soll denn hier aber jemand von irgendetwas überzeugt werden? Keinesfalls. Es soll in groben Zügen oder vielmehr flinken Strichen das Leben eines Menschen nachgezeichnet werden. Und woraus besteht das Leben eines Menschen, jedenfalls für diejenigen, die es begleitet oder gestreift haben? Am Ende verkürzt es sich auf ein paar erinner- und erzählbare Geschichten. Was hier zu lesen ist, ist einiges von dem, was sich zutrug. Wie sich das Geschehene aber erklären lässt, mag jeder für sich selbst entscheiden – oder im Dunkeln lassen.

Kirios Mutter bekam keine weiteren Kinder mehr, aber sie war häufig von den Kindern umringt, die ihr Nachbarn und Freunde der Nachbarn anvertrauten. Sie war Putz- und Kinderfrau und Zeichnerin. Vom Putzen und Kinderhüten lebte sie; vom Zeichnen lebte sie auch, aber in einem anderen Sinn. Sie zeichnete ein paar Stangen Lauch, eine Küchenschabe, eine Kehrschaufel, einen Korkenzieher, eine Zuckerdose. Sie zeichnete ihre Zahnbürste, die Salatschleuder, das Radio, den an- und den ausgeschalteten Fernseher, später den Computer, als sie einen besaß. Keine Täler, keine Berge, keine Straßen und keine Häuser. Immer nur, was sie aus der Nähe anschauen konnte. (Man muss dazusagen, dass sie kurzsichtig war.) Natürlich zeichnete sie Kirio in verschiedenen Lebensaltern. Mit Zeichnen vertrieb sie sich nicht die Zeit; mit Zeichnen *vertrieb* sie die Zeit. Anders gesagt: Wenn sie zeichnete, war sie, auch wenn sie eine Uhr zeichnete, nicht mehr in der Zeit. Wo war sie also? Die Zeit ist kein Ort, an dem man sich aufhält oder den man verlässt, und doch scheint mir – ich kann mich täuschen –, als wären wir einander in jenen Momenten näher gewesen als sonst. Soll ich daraus schließen, dass ich abwechselnd eine Zahnbürste, eine Küchenschabe und eine Salatschleuder bin?

So viel zu Kirios Mutter.

Wenn sie zeichnete, nannte Kirio das: weg sein. Als Kind wurde er ärgerlich, wenn sie auf diese Weise weg war; später, als Halbwüchsiger, war sie ihm so am liebsten. Er war auch oft weg und wollte nicht gesucht und nicht gestört werden.

Die Gleichaltrigen mochten ihn; er war gefällig, einfallsreich und immer guter Dinge, im Übrigen fiel er nicht besonders auf – außer vielleicht jemandem wie mir, der von Anfang an ein Auge auf ihn geworfen hatte. Er war weder viel klüger, mutiger, stärker, weder schwächer noch hässlicher als die anderen. Wenn er dabei war, gab es selten Streit, doch führten die anderen das nicht auf seine Gegenwart zurück. Vermutlich dachten sie nicht darüber nach, doch suchten sie unwillkürlich seine Gesellschaft.

Zu seinem zehnten oder elften Geburtstag bekam er von seinem Onkel Jacques, der als reich galt und Zahnarzt in Antibes war, eine Angel geschenkt, eine Smith Dragonbait LX, der man ansah, dass sie teuer gewesen war. Ich bin kein Angler (Ausschlussverfahren), aber so viel kann ich schon sagen, dass Onkel Jacques, der im Alfa Romeo Spider vorgefahren war, sich nicht hatte lumpen lassen.

Zum Angeln fuhren Kirio und seine Freunde mit dem Fahrrad zu einem kleinen Wildfluss namens Le Lez (sprich: Läse), der so breit gefächert und flach ist, dass man ihn leicht durchwaten und im Sommer, von Stein zu Stein springend, trockenen Fußes durchqueren kann. Ist es ein neues Wunder, von dem ich erzählen will? Es ist jedenfalls ein Ereignis, an das sich die Dabeigewesenen noch heute erinnern und das sie in allmählich immer unglaubwürdiger und übertriebener werdenden Fassungen ihren Kindern und Enkeln erzählen, vor allem, wenn diese sich teure Geschenke wünschen.

Seine neue Angel wurde Kirio, gleich als er sie zum ersten Mal mitbrachte, von Serge, einem älteren und recht herrschsüchtigen Jungen, weggenommen. Damit könnte die Geschichte zu Ende sein, zumal Kirio sich nicht wehrte, was zugegebenermaßen keine gute Voraussetzung für eine Fortsetzung ist. Und doch gibt es eine.

Einem Jungen wird das Sich-nicht-Wehren gewöhnlich als Feigheit ausgelegt. Warum nicht in diesem Fall? Wie konnte es, obwohl der große Serge ihm die Angel eher rabiat aus der Hand nahm, so aussehen, als hätte Kirio ihm ein Geschenk gemacht? Übrigens sollte er sein Geschenk schon sehr bald wieder zurückbekommen.

Kirio überließ Serge also die funkelnde und mit allerlei technischem Schnickschnack ausgestattete neue Angel und griff sich dessen rudimentäre, aus einem Haselnussast geschnitzte Angelrute. Nur wenige Schritte voneinander entfernt warfen sie, im seichten Wasser stehend, ihre Angelschnüre aus. Doch während Serge erst lange gar nichts und dann nur einige winzige Fische aus dem Wasser zog, bissen an der Haselnussrute innerhalb kürzester Zeit Äschen und Forellen, ja, sogar ein Lachs an, auch wenn Letzterer wohl nicht aus dem Meer, sondern aus den Zuchtbecken des Fischerverbands stammte. Die einzigen Ungeheuer, die Serge mit der hochmodernen Smith Dragonbait LX an Land zog, hatten eine starke Ähnlichkeit mit Kaulquappen und waren auch nur um weniges größer. Es waren sogenannte Groppen, die hauptsächlich aus einem Kopf bestehen und sich deshalb auch dadurch auszeichnen, dass sie kaum schwimmen können. An diesem Nachmittag wurde wohl der Kirio-Mythos geboren.

Übrigens war hier soeben nicht von dem ins Mittelmeer mündenden Fluss Lez die Rede, sondern von einem gleichnamigen Flüsschen, das sich in die Rhône ergießt, die sich natürlich ebenfalls ins Mittelmeer ergießt. Falls solche geographischen Präzisionen irgendwen interessieren.

Ich verlasse jetzt den Schauplatz dieser kleinen Angelszene und schwimme den kleineren der beiden Lez stromabwärts, bis ich in der Rhône angelangt bin, und auch diese schwimme ich stromabwärts, an Montélimar und an Valence vorbei, und halte erst inne, bevor der große Fluss einen Knick macht und sich in Richtung Schweiz verabschiedet, während ich in Lyon bleibe, wo der nächste Erzähler zu Hause ist.

(Bin ich ein Lachs?)

WIE KIRIO DAS LYCÉE ABBRACH
(UND NICHT ABRISS)

Bevor gleich Monsieur Beauchamp zu Wort kommt, der vor Jahren Kirios Lateinlehrer war, sollten wir vielleicht kurz der Frage nachgehen, warum ich am liebsten andere damit beauftrage, Kirios Leben zu schildern, wenn ich so genau Bescheid weiß über ihn. Könnte ich das nicht gleich selbst besorgen? Die Antwort ist, dass ich Konzentrationsprobleme habe. Ich habe zu viel anderes im Sinn. Meine Gedanken schweifen in alle Epochen und Richtungen aus, sie sind immer unterwegs, bei Tieren und Menschen, in Büros, in Straßengräben und in Schweinezuchtbetrieben. Ich komme ab, ich kehre um. Es würde mir folglich schwerfallen, die zusammenhängende Erzählung zustande zu bringen, die ein Leser und ein Verlag berechtigter- oder fälschlicherweise erwarten können. Ich bin überall zugleich, kenne weder Außen noch Innen. Anders die von mir bemühten Erzähler, die jeder nur bei sich sind, und bei Kirio, von dem sie berichten. Und so springe ich nur hin und wieder ein, etwa, wenn es sonst keine Zeugen gibt oder wenn es Zusammenhänge herzustellen gilt, die außer mir keiner bemerkt, obwohl oder gerade weil sie überaus eindeutig sind. Oder auch, wenn ich mir eine Zwischenbemerkung beim besten Willen nicht verkneifen kann, was leider mehr als einmal vorkommen dürfte.

Kirios ehemaliger Lateinlehrer ist schon seit einigen Jahren im Ruhestand und könnte beschaulich und pfeiferauchend im Lehnstuhl sitzen oder mit seinen Enkeln spielen; stattdessen fährt er Rennrad in einem floreszierenden, an seinen faltigen Schenkeln klebenden Biker-Dress und ist in der übrigen Zeit damit beschäftigt, seinen Stammbaum bis zu den alten Römern zurückzuverfolgen. Im siebzehnten Jahrhundert ist er schon angelangt. Mit dem Jahrtausend, das seine Familie jetzt noch von den Römern trennt, könnte es etwas länger dauern. Zwischendurch ist er aber bereit, ein paar Erinnerungen an seinen einstigen Schüler auszugraben.

Er sitzt an dem Empire-Schreibtisch, an dem er sein Leben lang Klassenarbeiten korrigiert hat; er hat die Ellenbogen aufgestützt, einen Füllfederhalter in der rechten Hand, und sein Blick verliert sich in einer Ferne, die nicht die Ferne hinter der schon länger nicht geputzten Fensterscheibe ist, sondern die der vergangenen Jahre. Und siehe da, während er so sitzt und immer mehr in seinen Erinnerungen versinkt, löst sich sein Gesicht allmählich auf, es verschwimmt vor unseren Augen und weicht einem anderen Bild, das ein altmodisch-strenges französisches Klassenzimmer, die brav darin aufgereihten Schülerrücken und die stehende, mit einem Zeigestock bewaffnete Gestalt des noch nicht weißhaarigen Lehrers zeigt.

Ich erinnere mich, als sei es gestern gewesen, sagt seine nunmehr aus dem Nichts ertönende Altmännerstimme: Er kam zu spät. Als es leise klopfte und die Tür aufging, war ich gerade dabei, die Klasse über die verschiedenen Möglichkeiten aufzuklären, die ein Sklave hatte, die Freiheit wiederzuerlangen. Zögernd kam ein für seine fünfzehn Jahre nicht sehr großer, mit Hilfe seines wirren Haarschopfs aber weit über sich hinauswachsender magerer Junge zum Vorschein. Auf meine Frage hin nannte er seinen Namen und entschuldigte sich für sein Zuspätkommen, wie man es erwarten kann. Wie war es zu erklären, dass er trotzdem so viel Aufsehen auf sich zog? Vielleicht lag es daran, dass er mit aufgerissenen Augen in die Runde starrte, so erstaunt oder erschrocken, als wäre nicht er es, der gerade in die Klasse geplatzt war, sondern als hätten umgekehrt wir ihn soeben bei der Arbeit überrascht oder aus einem Traum gerissen.

Ich wies ihm einen Platz in der vorletzten Reihe zu.

Das Klassenbild schmilzt wieder zu einer Halbnahaufnahme des Lehrers, seine Stimme findet in seinen Körper und somit zu ihrem Ursprung zurück.

In den folgenden Wochen verhielt sich Kirio eher unauffällig, fährt er fort, wenn man unter unauffällig versteht, dass er weder den Unterricht störte noch schlecht mitkam noch andere zu irgendwelchem Unfug anstiftete. Allerdings gab es doch einige Beson derheiten, auch wenn diese nicht ausdrücklich der Schulvorschrift zuwiderliefen. Zum Beispiel ging Kirio gerne auf den Händen. Man kann sogar sagen, er ging auf den Händen, sooft es eben ging. Solange er im Klassenzimmer war, saß er mehr oder weniger still. Doch sobald es in den Schulhof oder aus diesem hinaus ging, hielt es ihn nicht lange auf den Füßen. Das Auf-den-Händen-Laufen war seine bevorzugte Fortbewegungsart. Er tat es mit größter Selbstverständlichkeit und ohne im Geringsten andere dazu zu ermutigen, es ihm nachzutun. Es war ganz einfach so, dass wir jetzt einen Schüler hatten, der seinen Kopf statt auf Kopfhöhe lieber dort trug, wo andere Leute ihre Knie haben. Davon wollte er sich auf keinen Fall abbringen lassen. Meine Kollegen missbilligten meine Nachsicht, aber da er sonst ein guter und folgsamer Schüler war, ließ ich ihn, wenigstens in den Pausen, gewähren. Bis zu dem Tag, als er, von mir an die Tafel gerufen, in seiner Lieblingsgangart nach vorne kam.

Es klingt nicht so, das gebe ich zu, als ob sich eine derartige Szene mit einiger Wahrscheinlichkeit in einem gewöhnlichen, nein, in einem guten, traditionsreichen Gymnasium Lyons zugetragen haben könnte. Aber was ist schon wahrscheinlich? Wenn ich Sie frage, ob Sie es besonders wahrscheinlich finden, dass wir mit einer Geschwindigkeit von hunderttausend Kilometern pro Stunde auf einem Ball unterwegs sind, dessen Inneres aus glühendem Eisen und dessen Oberfläche hauptsächlich aus kaltem Wasser besteht, und dass wir auf diesem Ball Hochhäuser und Kaffeemaschinen und Gymnasien gebaut haben, werden Sie die Frage wohl verneinen müssen. Wenn ich Sie weiter frage, ob Sie es trotzdem für wahr halten, werden Sie die Frage bejahen.

Gut.

Damals waren die Erziehungsmethoden noch etwas andere als heute. Ich schickte den Jungen für eine Weile in die Ecke, und er begab sich auch ohne zu murren dort hin. Nur – auf den Händen!

Ich weiß, es muss Ihnen seltsam scheinen, aber ich ließ ihn, wie er war, in der Ecke stehen.

Vielleicht hätte ich damals anders reagiert, wenn mir der Junge vorher schon unangenehm aufgefallen wäre. War er aber nicht. Und das, obwohl Kirios Eigenheiten von solcher Art waren, dass alle Kollegen, die mit ihm zu tun bekamen, ihn innerhalb kürzester Zeit zu den unliebsamen Elementen und Störenfrieden zählten, was in meinen Augen nicht zuletzt an den Eigenheiten der Kollegen lag. Ich war jedenfalls der einzige Lehrer, dem auffiel, dass Kirio zum Störenfried eine wichtige Voraussetzung fehlte: Es ging ihm nicht darum, zu stören.

Worum ging es ihm dann?

Nachdem ich lange sein Verhalten beobachtet habe, bin ich zu dem Schluss gekommen, dass es ihm gar nicht »um etwas ging«. Hinter dem von der Lehrerschaft allgemein beanstandeten Handeln war keine Absicht zu erkennen, was natürlich nicht heißen muss, dass es tatsächlich absichtslos war. Doch falls es eine Absicht gab, war diese mit üblichen schulischen und psychologischen Maßstäben nicht zu durchschauen.

Er wollte auf den Händen laufen, ohne dabei besonders aufzufallen, that's what you're telling me?

So ist es. Ich behaupte, dass Kirio einfach gerne Kopf stand und Rad schlug.

Lange habe ich mich gefragt, warum er bloß an dieser Umkehrung der Perspektive und an der größeren Nähe zum Erdboden so viel Gefallen fand, und ich glaube inzwischen, eine mögliche Antwort zu kennen. Vergegenwärtigen wir uns einen Moment lang die menschliche Geschichte, unsere unermüdlichen Bemühungen, um etwas an den bestehenden Verhältnissen zu ändern, die Umstürze, die Revolutionen, die rollenden Köpfe, die nie eintretende Herrschaft der Armen. All das war außerordentlich mühsam und blutig und hat am Ende nicht sehr weit geführt: Millionen hungern; ein paar wenigen gehören nahezu alle Reichtümer der Erde. Unsere jahrtausendelangen Anstrengungen waren vergebens. Und die ganze Zeit über wartete eine ganz einfache Lösung mit augenblicklicher Wirkung! Wer sich auf den Kopf stellt, stellt im selben Augenblick die Welt auf den Kopf, er befördert, was oben ist, nach unten, und umgekehrt. Alle Pyramiden stehen fortan auf der Spitze.

Ich schließe nicht aus, dass Kirio auch gerne aus Gründen der allgemeinen Belustigung auf den Händen lief. Aber das allein kann es nicht gewesen sein, denn ich habe ihn einige Male seine besondere Art der Fortbewegung pflegen sehen, wenn außer mir niemand in der Nähe und ich ihm verborgen war. Um zu verstehen, was ihn so reizte an dieser umgekehrten Sicht, ging ich so weit – natürlich nur, wenn mich meinerseits niemand sehen konnte – hin und wieder den Kopf hängen zu lassen, und zwar bis zwischen die Beine, von wo aus ich meine Umgebung mit neuen Augen betrachten konnte. Gegen Jahresende hing bei mir ein Kronleuchter in Form eines Weihnachtsbaums von der Decke und illuminierte das Wohnzimmer. Der ganze Raum war leergeräumt; alles Mobiliar war gewissermaßen auf dem Dachboden verstaut. An den Wiesenhimmeln klebten Ziegen und Schafe, wie üblicherweise Fledermäuse von den Dachbalken hängen. Und ich brauchte sie nicht zu sehen, um zu wissen, dass die Fledermäuse derweil aufrecht standen und schliefen. Mir wurde klar, warum es für einen, der diese Erfahrung der Umkehrung macht, sinnvoll und nötig ist, nicht nur für einen Augenblick die Position zu wechseln, sondern länger darin zu verharren. Es ist nämlich so, dass die Sinnesorgane einige Zeit brauchen, um sich auf den Wechsel einzustellen. Das gängige Oben und Unten ist uns derart in Fleisch und Blut übergegangen, dass wir zunächst einmal die Decke weiterhin als Decke und den Boden weiterhin als Boden wahrnehmen. Mir jedenfalls wurde erst nach einer Weile klar, dass ich nun ebenfalls, zusammen mit den Stühlen und dem Bett und dem Sofa, an der Decke

hing und dass sich unter meinen Füßen ein weiter
leerer Raum auftat, der mir einst als Himmel bekannt
gewesen war.

Im Übrigen war er, wie gesagt, ein ganz normaler
Schüler; er kam gut mit und machte regelmäßig seine
Hausaufgaben. Meine Kollegen hatten eine etwas andere Einschätzung, doch niemand hat je behauptet, er
sei faul oder dumm. Tatsächlich war er weder störrisch
noch frech noch sonstwie renitent. Allenfalls ein wenig unordentlich. Gut, ich gebe zu: Er war sehr unordentlich. Und vergesslich. Was aber reichlich aufgewo-
gen wurde durch seinen guten Einfluss auf die Klasse
und auf die Schule insgesamt, dessen »Interner« oder
Internatszögling er war. *Wie* er seinen Einfluss ausübte,
ist schwer zu sagen; jedenfalls nicht vorsätzlich. *Dass*
er einen ausübte, war deutlich zu spüren, wenn auch
schwer zu belegen. Hätte ich vielleicht eine Statistik
der Reibereien, Diebstähle und Lügen anlegen sollen? Ich bin mir noch nicht einmal sicher, dass sich
sein Einfluss wirklich auf diesem Gebiet niederschlug.
Vielleicht wäre eine Statistik des Lächelns beredter gewesen?

Letztlich wird er seinen Einfluss vor allem auf mich
ausgeübt haben. Ich versuchte ihm natürlich, wie allen
anderen, Latein beizubringen, und er lernte auch alles,
was er lernen sollte – nur lernte er es *anders*, als er es
lernen sollte. Wenn wir zum Beispiel die Deklinatio-
nen durchnahmen, konnte er am Ende den Nominativ
vom Akkusativ und den Genitiv vom Dativ unterschei-

den. Sollte er mir den Akkusativ von *amicus* nennen, sagte er richtig: *amicum*. Wenn ich ihn nun aber aufforderte, mir das Wort *dominus* zu deklinieren, antwortete er nicht etwa: *dominus-domini-domino-dominum-domino*, wie es sogar der schlechteste meiner Schüler inzwischen runterleiern konnte, sondern etwa *domino-domini-domino-dominus-dominum* oder *domino-domino-dominum-domini-dominus* oder dasselbe in irgendeiner anderen, nur eben nie in der gewohnten Reihenfolge. Beim Anblick meiner unzufriedenen Miene erschrak er, was auf seinem ohnehin immer erstaunt blickenden Gesicht wie eine Tautologie anmutete, und grübelte dann so lange, bis er die korrekte Abfolge zusammenhatte. Doch beim nächsten Mal würfelte er wieder alles durcheinander.

Mit den Konjugationen ging es nicht anders. Statt ich-du-er-sie-es-und-so-fort, wie es sich jedem Schülerhirn eingravierte, hieß es bei ihm vielleicht *es-ich-er-wir-es-du-ihr-sie* oder *wir-ihr-du-ihr-ich-sie-es*. Nicht *amo-amas-amat-amamus-amatis-amant*, sondern – und so weiter. Die einzelnen Verbformen konnte er auseinanderhalten, doch war er nicht dazu zu bewegen, sie in die übliche Ordnung zu zwängen und als Gefolge des Ich auftreten zu lassen. Stand irgendwer oder irgendetwas hinter diesem seltsamen Lernverhalten? Konnte ihn jemand zu dieser seltenen Form des Anarchismus in einer bestimmten Absicht animiert haben?

Nicht alle Lehrer waren bereit, ihm das Durcheinander, das er in die Grammatik und höchstwahrscheinlich auch in die Geographie und die Geschichte brachte, nicht als Schwäche auszulegen oder übelzunehmen. Hätte ich ihn nicht gegen die Angriffe und Fehleinschätzungen der übrigen Lehrerschaft verteidigt, wäre er schon im ersten Jahr von der Schule geflogen. Sie behaupteten, ich hätte einen Narren an dem Jungen gefressen, und ein Narr war er, da hatten sie recht, und als Narr lebt er in mir fort.

Es gibt wissenschaftliche Studien, die zeigen, dass der Anblick von Babygesichtern bei erwachsenen Menschen einen Beschützerimpuls weckt. Kirio hatte den Stimmbruch schon hinter sich, sein Gesicht war das eckige eines jungen Burschen, zwar keines Halbstarken, nein, eher vielleicht eines Halbschwachen, aber ich brauchte ihn nur anzusehen, und es erging mir wieder wie an jenem ersten Tag, als er den Kopf durch die Tür steckte, aller Unwillen fiel von mir ab, das Herz ging mir auf, ich brauchte ihn nur anzuschauen, und meine Seele spannte weit ihre Flügel aus, und ihre mächtigen Schwingen trugen mich am Nachmittag in mein enges, einsames Zuhause. Aber das ist eine andere Geschichte, wie es üblicherweise heißt.

Kirios Gesicht zeigte ein Staunen, das staunen machte. Worüber staunte er bloß? Oder war es womöglich ein angeborener Gesichtsausdruck oder eine Entstellung, wie bei jener ewig lachenden Figur aus einem Roman von Victor Hugo, und er staunte gar nicht wirklich? Verunstaltet wirkte Kirio aber keineswegs. Er blickte jeden Morgen aufs Neue so, als sei er soeben von Außerirdischen auf dem Schulhof abgesetzt worden und hätte noch nie eine Schulklasse und einen Lehrer gesehen.

Weil er kein schlechter Schüler war, habe ich ihn über sein erstes Jahr an der Schule hinwegretten können. Noch zu Beginn des folgenden Schuljahrs hatte ich die größte Mühe, ihn gegen die Feldzüge der geschlossenen Lehrerschaft zu verteidigen, doch als dann die Weihnachtsferien kamen, kam es mir fast so vor, als ob sich meine Kollegen langsam an ihn und seine Marotten zu gewöhnen begännen. In den ersten Tagen des neuen Jahres erschien er mit dem immer neuen alten Staunen im Gesicht. Dann war er weg. Seit dem 6. Januar neunzehnhundertsoundsoviel wurde er im Lycée du Parc nicht mehr gesehen. Sein Zimmergenosse hatte nichts von seinem Aufbruch, der als Flucht bezeichnet wurde, gemerkt. In seinem Spind blieben ein Buch mit dem Titel *Der Salat von Oberst Cray* von G.K.Chesterton, aus der Serie der Pater-Brown-Geschichten, ein angebissener Apfel und die Kappe eines BIC-Kugelschreibers zurück.

Revocate animos maestumque timorem mittite; forsan et haec olim meminisse iuvabit[1], sind die letzten Worte des alten, mit ein bisschen Glück von Vergil abstammenden Lateinlehrers, bevor das Bild sich in einem spektakulären *zoom-out* von der Naheinstellung

---

1 Seid mutig und bändigt den zagenden Kummer!
Einst werdet ihr vielleicht gern daran denken.

in die extreme Totale weitet und wir Monsieur Beau-
champs als giftgrünes Pünktchen auf seinem Rennrad
die Rhône entlang in Richtung Villeurbanne kriechen
sehen.

HU!

Kein Erzähler mehr da! Alles bleibt an einem selbst hängen. Noch dazu an einem Selbst, das sich noch nicht gefunden hat. Man kann nicht sagen, dass Sie mir bei der Selbstfindung bislang eine große Hilfe waren. Das soll sich jetzt ändern. Setzen Sie bitte Ihre Masken auf, wir fangen an. Einspielung Titelmelodie Das heitere Beruferaten, dumdidumdidumdidum, dumdidumdidumdidum. Sie können mich nicht sehen, aber ich beantworte Ihre Fragen.

Welches Schweinderl ich gerne hätte?

Na, ich weiß nicht. Ein Schweinderl? Sagen wir, das hellblaue.

Ob ich selbständig bin?

Ja.

Ob ich in einem Büro arbeite?

Nein.

An einem Reißbrett?

Nein.

Ob ich auf internationaler Ebene tätig bin?

Absolutely.

Import/Export?

Nein.

Ob ich denn viel mit Menschen zu tun habe?

Ja.

Mache ich die Menschen glücklich?

Nicht dass ich wüsste.

Bin ich Chirurg?

Nein.

Rechtsanwalt?

Nein.

Bin ich vielleicht ein Headhunter?

Nein. Obwohl …

Unternehmer?

Nein.

Schriftsteller?

Nein.

Sicher?

Wenn ich's Ihnen sage!

Dann vielleicht eine Romanfigur?

Eine Romanfigur? Na, ein bisschen mehr Handlungs-
spielraum habe ich aber schon.

Ob ich über viel Macht verfüge?

Yes!

Bin ich … ein Diktator?

Verzeihen Sie, mir ist etwas flau; wenn es Ihnen
nichts ausmacht, spielen wir nächste Woche weiter.

Dumdidumdidumdidum.

In welch einer hoffnungslosen Lage muss sich einer
auch befinden, wenn er glaubt, mit Hilfe eines überleb-

ten Entertainment-Rezepts mehr über sich selbst in Erfahrung bringen zu können? Sie haben mich mit Ihren Fragen auf eine ganz falsche Piste gebracht! Mir bleibt nichts anderes mehr übrig, als ein Orakel zu befragen.

Ich schlage das berühmte I Ging auf, das alte chinesische *Buch der Wandlungen*, das schon C.G. Jung zu Rate zog, und frage es: Wer oder was um Himmels willen bin ich? Das I Ging ist kein Personenlexikon oder sonstiges Nachschlagewerk; es gibt mir, nachdem die Münzen geworfen sind, eine verschlüsselte Antwort: »Auftreten auf den Schwanz des Tigers. Die Lage ist schwierig. Stärkstes und Schwächstes ist unmittelbar beisammen. Das Schwache geht hinter dem Starken her und macht sich mit ihm zu schaffen. Aber das Starke läßt es sich gefallen und tut ihm nichts zuleide, denn die Berührung ist heiter und nicht verletzend.«

Sehr eindeutig ist das zugegebenermaßen nicht, aber lassen Sie mich überlegen. Ich glaube, es hilft mir doch weiter. Da ist die Rede von einem Tiger und von einem, der ihm auf den Schwanz tritt; von einem gelassenen Starken also und von einem kecken Schwachen, doch der Starke macht von seiner Stärke keinen Gebrauch und lässt den Schwachen gewähren. Und in diesem Spiegel soll ich mich erkennen? Let's see. I Ging, lass uns sehen! Vielleicht sehe ich tatsächlich etwas. Vielleicht den Anfang einer Lösung?

Ich gebe zu, es ist nicht so, dass ich nicht die leiseste Ahnung hätte, wer oder was ich sein könnte. Die eine oder andere mögliche Identität habe ich in der Vergangenheit schon mal in Betracht gezogen, aber am Ende immer wieder verworfen, und solange ich noch Zweifel habe, kann ich mich nicht outen. Sicher ist nur, dass das Orakel seinen Zweck erfüllt, das heißt mich in meiner Intuition bestätigt. Mehr kann man von einem Orakel kaum erwarten. Es gibt einen Starken und einen Schwachen in der I Ging-Geschichte, und ich bin sehr in Versuchung, mich für den Starken zu halten. Wohlgefällig mustere ich mich von oben bis unten und lasse etwas spielen, was vielleicht Muskeln sein könnten. Habe ich nicht Ähnlichkeit mit einem Tiger? (Aber die Katze nicht auch?) Bin ich nicht schrecklich anzuschauen? (Geht so.) Kann ich nicht tun und lassen, was ich will? Verfüge ich nicht über uneingeschränkte Freiheit und Macht? (Schon. Aber woher kommen diese weichen Mauern, gegen die ich renne? In seltenen Momenten zwar nur, und gepolstert sind sie auch, aber Mauer bleibt Mauer. Sollte es da etwa Räume geben, in die ich nicht gelange?) Ich bin der Tiger!

Wahrscheinlicher ist es allerdings, dass ich das dreiste kleine Wesen bin, das dem Tiger auf den Fuß folgt und ohne böse Absicht auf den Schwanz tritt.

Oder noch etwas Drittes?

Wir werden die endgültige Lösung der Identitätsfrage noch etwas hinausschieben müssen und einstweilen zu Kirio zurückkehren, der wohl schon insgeheim hoffte, an jenem Januarmorgen, als er in Lyon seine Siebensachen packte, nicht nur dem Lycée du

Parc, sondern auch uns für immer entwischt zu sein. Doch so viel Macht haben wir allemal, dass wir ihn auch ohne Satelliten und Navigationssysteme ausfindig machen können, wo immer seine Fluchtwege ihn hingeführt haben, und zwar in die Arme von Erzählerin Nummer Drei. Dort ist er freilich nicht mehr anzutreffen; bekanntlicherweise life goes on. Wir interessieren uns für den Teil seines Lebens, der hinter ihm liegt und vor Ihnen, wie der nächste Morgen.

Erzählerin Nummer Drei steht in ihrem Garten und klemmt Wäsche auf die Leine, während ein spitznasiger Zug vorüberbraust und einen trockenen Wind in die schon hängenden Handtücher und Unterhosen weht. Die Arme, die aus ihrem ärmellosen Kittel herausschauen, sind nicht mehr dieselben, mit denen es der junge Kirio vor Jahren zu tun bekam. Fleckig und mürbe sind sie geworden, mit spitzen Ellenbogen, um die sich, wenn, wie jetzt, die Hände gereckt sind, kleine schlaffe Hautringe ballen. Arme Arme. Prisca ist ihr Name. Der Name der Erzählerin, nicht der Arme. Prisca selbst ist nicht arm, oder nur im monetären Sinne. Sie hat nicht viel, und es fehlt ihr an nichts. Über der trocknenden Wäsche wachsen ihr Aprikosen und Pfirsiche in den Mund, darunter baut sie Zucchini und Artischocken an. Geld und Zähne hat sie nicht weniger, als sie braucht; sogar ein Auto zählt sie zu ihren Besitztümern. Allerdings ist sie stumm und mehr oder weniger taub. Ja, das schon. Und wie soll Kirios Geschichte nun weitergehen, mit einer stummen Erzählerin?

Hätte ich mir natürlich vorher überlegen können, immerhin ist Prisca nicht erst seit heute, sondern von Geburt an stumm. Weil ich sie trotzdem verstehe, habe ich dieses Detail wohl vergessen. Bin ich der Gebärdensprache mächtig? So kann man's auch sagen. Man kann sogar sagen, dass ich der Gebärden-, der Blick- und der Gedankensprache mächtig bin. Ich verstehe, was Prisca sagen will, punktum. Zudem habe ich alles aus nächster Nähe miterlebt. Es bleibt mir also nicht viel anderes übrig, als die Prisca-Episode selbst zu übernehmen.

WIE DAS WEIBLICHE GESCHLECHT
KIRIO ENTDECKTE

Ich ging im Walde so vor mich hin – so in etwa hätte eine nicht-stumme Prisca ihre Geschichte beginnen können –, und nichts zu suchen, das war mein Sinn. Im Schatten sah ich ein Blümchen steh'n, wie Sterne leuchtend, wie Äuglein schön. Ich wollt es brechen da …

Das Blümchen war aber eher, was man früher mal ein Früchtchen genannt hätte, es war aus der Schule weggelaufen und ging nun, einen mit der Aufschrift *Los Angeles since 1968* versehenen Rucksack über der Schulter, am Waldrand entlang, und zwar am Rand des Forêt de Marsanne, im Norden von Montélimar. Als Prisca den Jungen bemerkte, stand er nach vorne gebeugt im Schatten einer Schwarzkiefer und war in einen An-blick versunken, vielleicht betrachtete er ein Gewächs oder ein kleines Tier oder auch irgendein Fundstück zu seinen Füßen. Obwohl Prisca schon in seiner Nähe war, sah er sie nicht oder verhielt sich jedenfalls, als sei sie nicht nur stumm, sondern lautlos und unsicht-bar. Auch als sie ganz nah an ihn herantrat, nahm er keinerlei Kenntnis von ihr. Er hatte sich mittlerweile auf den Boden gekauert und sah noch nicht einmal auf, als sie sich neben ihn hinkniete und die Ursache seiner Verzauberung in Augenschein nahm. Was ihn so betörte, dass er alles um sich her vergaß, waren zwei Käfer; ein übereinandergestapelt kopulierendes Käferpaar, dessen insgesamt zwölf spillerige Beine kupferrot anfingen und türkisgrün endeten. Die beiden Tiere sahen eins wie das andere aus: riesige Knopfaugen, leicht nach unten gebogene Fühler, hellrunde, schablonenartige Formen auf den rotgrünen Rücken; Oberarme und Bauch waren weiß behaart; aus dem Kiefer wuchsen, hummerartig, elfenbeinfarbene Zangen. Das Männchen unterschied sich dadurch, dass es obenauf saß und das Weibchen mit seinen Hummerzangen umkrallte, während die beiden über den trockenen Boden ruckelten, die lidlosen Augensphären wie aufgerissen.

Konnte es sein, dass der Junge in seinem Alter noch nie zwei Tiere bei der Paarung gesehen hatte?

Über den aufeinandergesteckten Käfern stießen die Köpfe der beiden beinahe zusammen, bis Prisca, die von dem Betrachter eindeutig mehr gefesselt war als vom Gegenstand seiner Betrachtung, den ihren etwas zurückzog. Und so las sie, als er den Mund auftat, von seinen Lippen.

Aus wie viel Augen schauen sie uns an?, fragte er, den Blick weiterhin auf das raschelnde kleine Paar gerichtet, in einem seltsam pathetischen Tonfall.

Weil sie die Antwort nicht wusste und außerdem

stumm war, sagte sie nichts. Es war anzunehmen, dass Kirio von den Facettenaugen der Insekten sprach, in denen bekanntlich Hunderte oder Tausende von Einzelaugen stecken, die jedes etwas anderes sehen, oder dasselbe ein bisschen anders, in einem leicht verschobenen Blickwinkel. Und die tausendmal größeren Menschen schauen aus zwei Augen und Blickwinkeln zurück.

Mit ihren lächerlichen zwei Menschenaugen, die dafür allerdings außergewöhnlich schön und glänzend waren, hing Prisca an Kirios Lippen und rührte sich nicht.

Alles ist deutlich, sagte er. Keine unscharfen Ränder. Keine Nebenschauplätze. Alles ist gleich wichtig, nicht nur, was ich gerade vor der Nase habe. Mit mindestens einem meiner tausend Augen sehe ich auch, was hinter meinem Rücken und an meiner Flanke und über meinem Kopf passiert und mich nichts angeht. Jetzt fängt es an, mich doch etwas anzugehen. Ich will es wissen! Was ist da los?

Bei diesen Worten blickte er von den Käfern auf und mit seinen zwei Augen in ihre zwei Augen. Und bekam einen Schreck! Mit einem slapstickartigen Sprung rückwärts brachte er zwischen ihn und sie eine halbwegs sichere Entfernung, aus der er sie fixierte wie die Jungfrau Maria oder das Haupt der Medusa. Wie bei all seinen Gebärden und Mienenspielen konnte man sich bei seinem Rückwärtssprung nicht sicher sein, ob dieser wirklich ernst gemeint war oder ob der Schreck, der den Sprung auslöste, nicht doch zur Hälfte oder sagen wir zu einem Sechstel gespielt war.

Mit den Armen nach hinten sich abstützend, hockten die beiden nun auf ihren Hosenböden und wussten nicht weiter, bis Priscas Lachen ihnen einen Weg aufzeigte. Dieser schlaksige Bursche sah zum Gerade-, zum Gesund- und zum Lebendiglachen komisch aus, fand sie. So komisch, wie es der tiefe Ernst manchmal sein kann.

Er wusste nicht, wohin auf seinen Junghirschbeinen; weder Schule noch Mutterhaus schienen ihn zu locken. So steckte Prisca ihn in ihr Auto und nahm ihn mit zu sich, in das Hexenhaus, in dem sie damals schon wohnte und an dem zwölfmal am Tag, sechsmal südwärts, sechsmal nordwärts, der TGV vorüberbraust.

Er war ernst. Er war komisch. Er war sechzehn Jahre alt.

Was sollte sie anfangen mit dem Burschen?

Sie gab ihm Bücher zu lesen, eine Arbeit zu verrichten. Auch ein Stück Seife, denn er war schon seit einigen Wochen auf der Wanderschaft. Sie wusch seine Sachen, die immerhin aus fünf Paar Socken, vier Boxershorts, sieben T-Shirts, einem Pullover und einer Hose bestanden. Sie schnitt sein dunkelblondes Haar, das ihm, egal, in welcher Länge, mehr oder weniger senkrecht vom Kopf abstand; gab ihn für einen Neffen aus Charleville-Mézières aus, der seine Eltern verloren hatte. Vielleicht hätte er auf die Dauer eine Aushilfsstelle bekommen oder bei der Weinlese helfen können? Vielleicht auch eher nicht, denn dazu ähnelte er zu wenig seinen Alters- und insgesamt seinen Artgenossen. Jedenfalls ist es dazu nicht mehr gekommen.

Er, dem so gut wie jede noch so geringfügige Erscheinung, jedes noch so unscheinbare Ereignis Anlass zum Staunen war, wunderte sich niemals darüber, dass Prisca kein Wort über die Lippen kam. Ihr Stummsein nahm er mit derselben Selbstverständlichkeit auf wie ihre Gastfreundschaft, ihre Vorliebe für den Côte du Rhône und ihre Augenfarbe. Sie unterhielten sich mit Hilfe von Blicken und Gesten, und wenn sie seine Lippen sehen konnte, verstand sie auch seine Worte.

Mit der gleichen Selbstverständlichkeit hätte sie umgekehrt auch seine Eigenheiten hinnehmen wollen, und sie versuchte es auch, nur gelang es ihr nicht immer, vor allem, wenn sie sich in der Öffentlichkeit manifestierten und sie nicht der einzige Zeuge war. So unterhielt sich Kirio zum Beispiel gerne nicht nur mit Nachbarn, Kassiererinnen und Postboten, sondern eventuell auch mit einer Schwalbe, einem Briefkasten oder einer Akazie, und zwar ohne Rücksicht darauf, ob gerade jemand dabeistand oder ob er mit seinem Gegenüber alleine war. Er befragte etwa die Schwalbe zu ihren Flugrouten und den Briefkasten nach den Adressaten in seinem Bauch, und er schien von ihnen Antworten zu erhalten, die allenfalls von mir, keinesfalls aber von Prisca oder der Nachbarsfrau zu hören waren. Meistens aber machte er, sagen wir: Komplimente. Ihm gefiel beinahe alles, was er sah. Weder vorher noch nachher sollte Prisca je wieder einen treffen, dessen Freude an den Erscheinungen dieser Erde so groß war, dass er darüber das Essen und das Trinken und sogar für eine Weile das Atmen vergaß. Keine andere Regung schien Kirio so fremd wie der Überdruss.

Wenn Sie den Eindruck gewonnen haben sollten, es mit einem närrischen Einfaltspinsel zu tun zu haben, stimmt entweder etwas an Ihnen oder an meiner Darstellung nicht. Denn bei all seinen Eigentümlichkeiten, auch wenn sie hier noch so schrullig scheinen, war Kirio nie lächerlich. Nur die Dummen und die Böswilligen lachten, wenn er auftauchte, auf ihre spöttische, an einem Mundwinkel mehr als am anderen ziehenden Weise; die Übrigen, zu denen ich selbst gehörte, lachten vor Liebe, oder wie nennt man es sonst, wenn sich einem das Herz zusammenzieht. (Ich habe also ein Herz? Nicht unbedingt eine blutige Verdrängerpumpe, aber doch zumindest ein Bild von einem Herzen; ein Gefäß.)

Wird es jetzt noch verwundern, wenn ich sage: Er war schön? Nicht im ebenmäßig-griechischen Sinne, wobei nicht ausgeschlossen ist, dass er ein hübscher Junge war. Er war schön, wie einer schön ist, der durch sein bloßes Dasein und In-die-Welt-Schauen die Herzen wärmt oder auch – für diejenigen, denen das Herzerwärmen zu rührselig und im Grunde schon das Wort »Botenstoff« zu poetisch ist – den Dopamin- und Oxytocingehalt seines Gegenübers steigert. Durch Kirio erhielt die Menschheit Botschaft vom Mars oder von noch weiter weg, von der Herkules-Zwerggalaxie vielleicht, oder von der Kleinen Magellan'schen Wolke: aus einer unbekannten Welt.

Unter der Strahlung dieser neuen Wolkengalaxie war Priscas Botenstoffhaushalt gehörig durcheinandergekommen. Ich hoffe, Sie nicht zu schockieren, wenn ich Ihnen verrate, dass sie nicht nur Kirios Durst und Hunger, sondern irgendwann auch seine Neugier stillte, genauer gesagt, jenen Teil seiner nach allen Richtungen ausschlagenden Neugier, den sie geschickt auf sich zu lenken wusste und der sich bald auf die Frage versteifte, was sich wohl hinter den paar Lagen Stoff zutragen mochte, die sie am Leib hatte. Ein Flächenbrand? Oder war es eisig in diesem Hinterland? Konnte man in diesen Breitengraden überhaupt noch atmen und leben? Seine Neugier war groß, seine Scheu war größer; die Entdeckung Amerikas muss vergleichsweise zügig vonstatten gegangen sein. Indem sie eines Abends einen Reißverschluss aufzog und ein paar Knöpfe und Häkchen löste, beschleunigte Prisca den Vorgang und stellte Kirio unvermittelt vor die Konsequenzen des zwischengeschlechtlichen Klimawandels.

Natürlich war sie ein ganzes Stück älter als er.

Um ehrlich zu sein: Sie hätte seine Mutter sein können.

Um noch ehrlicher zu sein: Sie dachte gar nicht daran.

So! Und für mich ist jetzt die Stunde der Wahrheit gekommen: Um das Geschehen in dem Hexenhaus richtig einzuschätzen, um es entweder gutzuheißen oder mir einen Begriff von der Schwere des Vergehens zu machen – ist das nicht ein klarer Fall von Knabenverführung? –, werde ich an dieser Stelle unweigerlich, je nachdem, wer ich bin, einen Blick in die Bibel oder ins Tao Te King, ins Strafgesetzbuch oder in den *Code pénal*, in die Literatur oder in das Buch des Lebens werfen; und dieser Blick, also die Wahl des Schriftguts, wird mich verraten.

Könnte man denken. Stattdessen stelle ich mit Bestürzung fest: Ich kann nicht lesen. Vielmehr lese ich mühelos in Wolken, Wellen, Vogelschwärmen und Gedanken, aber ich bin ganz offensichtlich Analphabet. Schreiben und rechnen? Kann ich wohl auch vergessen. Doch würde mir das in dieser besonderen Situation sowieso nicht viel nützen. Immerhin kann ich bestens hören und sehen, und keines von beidem ist mir je vergangen.

Tatsächlich waren mir meine geschärften Sinnesorgane in Priscas vier Wänden von größerem Nutzen als die Millionen Bände oder »Medieneinheiten« aller Staatsbibliotheken: In der kleinen Hausgemeinschaft geschahen Dinge in diesen Tagen, die ich um keinen Preis hätte versäumen mögen. Seit Kirio einen Fuß auf den neuen Kontinent gesetzt hatte, schien dieser sich immer mehr auszudehnen. Mit bloßen Händen und einem Enthusiasmus, der nicht nur jugendlich, sondern ihm auch ganz persönlich zu eigen war, sowie einem Sondierungsinstrument, das nie die geringsten

Anzeichen von Überbeanspruchung zeigte, erforschte Kirio jeden Quadratmillimeter Neuland, und das mit einem Ungestüm und einer Behutsamkeit, die sich eigentlich hätten ausschließen müssen und die sich bei jedem anderen auch ausgeschlossen hätten. Während die beiden Pyromanen unter dem Donner der vorüberrasenden Züge immer neue Feuer aneinander entfachten, hatte ich einen festen Logenplatz reserviert oder ein festes Schlüsselloch, und mein Blut, oder was da in meinen Adern oder worin auch immer floss, geriet von früh bis spät in Wallung während dieser exklusiven Vorführungen.

Nun könnte ich Ihnen zweifellos diesen äußerst erregenden Amateurfilm in 3D an eine überdimensionale Leinwand werfen und Ihnen in die eine Hand ein Tempotaschentuch und in die andere eine Popcorntüte drücken. Nichts da. Man kann Analphabet sein und durchaus sein Schamgefühl haben oder auch egoistisch genug sein, nicht jedes Vergnügen mit allen anderen teilen zu wollen.

Sicher ist und zudem durchaus mitteilbar, dass das neuentdeckte Amerika sich bald derart ausdehnte in Kirios Existenz, dass es alles andere verdrängte und dabei sogar Himmel und Meer außer Sicht gerieten. Lustlustlustlust, so weit das Auge reichte, Lust im Norden, Lust im Süden, Lust im Osten, Lust im Westen. Die Schule hatte er schon vorher geschmissen. Prisca schmiss nun ihrerseits den Gemüsegarten; Vorräte hatte sie genug angelegt für einige Liebesjahreszeiten. Die

Welt hätte untergehen können, vielleicht ging sie auch unter in jenen Wochen, in denen die beiden nicht voneinander wichen, und ich nicht von meinem Schlüsselloch. Doch dann bekam irgendwann Kirio, dessen Kopf vielleicht zu lange eingeklemmt geblieben war in Priscas Schenkelzange, einen seelischen und leiblichen Erstickungsanfall. Von jetzt auf gleich war alles vorbei. Kirio schnappte seine Hose und, diese segelartig über dem Kopf schwenkend, verzichtete er darauf, sich von seiner Kirke einen Weg weisen zu lassen, und raste mit einer Geschwindigkeit, die sich der des gerade wieder einmal vorüberfegenden TGVs annäherte, aus dem Haus und ward nie mehr gesehen. Jedenfalls nicht von Prisca und ihrer Nachbarschaft. Um aus *meinem* Blickfeld zu verschwinden, hätte er schon früher aufstehen und einen Zahn zulegen müssen.

Ohne dabei im geringsten außer Atem zu geraten, folgte ich ihm, bis eine überaus befahrene Autobahn seinen Weg kreuzte, die schwerer zu überqueren schien als die weitaus breitere Rhône und deshalb von Kirio auch nicht überquert wurde. Er hielt inne und zog seine Hose an, wobei sich herausstellte, dass er in seiner Hast außer seiner Hose auch eine von Priscas weiten Kittelblusen gegriffen hatte. Es sah nicht so aus, als würde er auch nur einen Augenblick lang mit dem Gedanken spielen, sie ihr wieder zurückzubringen; stattdessen zog er sie an. Sie passte ihm nicht nur, sondern verlieh ihm, nachdem er sie in die Hose gesteckt hatte und sie sich über dem Bund gehörig bauschen konnte, das Aussehen eines sorg- und pinsellosen jungen Malers auf dem Weg nach Rom. Und obwohl er keinen Spiegel besaß, machte er sich tatsächlich, der Autobahn folgend, nach Süden auf.

Bei seinem Abenteuer mit Prisca hatte er fünf Paar Socken, vier Boxershorts, sieben T-Shirts, einen Pullover und ein Paar Schuhe, nicht aber seine Unschuld eingebüßt. Woher ich das wissen will? Ich habe ihn mir sehr genau von außen wie von innen angeschaut und bin zu dem Schluss gekommen, dass die Unschuld nicht zu seinen einbüßbaren Attributen gehörte.

In Priscas Armen oder vielmehr Schenkeln, wo er geglaubt hatte, seinen endgültigen Bestimmungsort gefunden zu haben, hatte ihn ein plötzliches Übersättigungs-, ja, Übelkeitsgefühl erfasst, und im selben Moment war eine unbezwingbare Sehnsucht nach freiem Atmen, Alleinsein, Loswandern in ihm erwacht. Schon nach wenigen Schritten oder Sprüngen im Freien war ihm die Prisca-Zeit wie ein Fall in einen bodenlosen Krater, wie ein Verschlungenwerden von fremden, hemmungslos besitzergreifenden Mächten erschienen, und er war mit allen verfügbaren Kräften und der Flinkheit einer Zeichentrickfigur losgesprungen, als gälte es, eine senkrechte Wand zu erklimmen.

Jetzt wanderte er frischen Mutes die Autobahn entlang und grüßte jede Schwalbe, jede Kornblume und jedes der unzähligen Autos, die ihm entgegenkamen, bis er an einer Raststätte über eine röhrenförmige Fußgängerbrücke ans andere Autobahnufer, zu den nach

Süden Ziehenden wechseln konnte. Vielleicht wollte er wirklich nach Rom oder wenigstens nach Italien? Seit er blindlings aus dem Haus gestürzt und wie um sein Leben davongelaufen war, wirbelten Gedanken und Sehnsüchte so wild in ihm herum, dass sogar mir schwindlig wurde davon. Sicher ist, dass er seit jenem schicksalhaften Tag vor allen weiblichen Wesen und einem bestimmten Teil seiner selbst einen derart großen Bogen machte, dass es zu den üblichen Umkreisungen zwischen Geschlechtern erst gar nicht kommen konnte. Um Haaresbreite hätte er sich von der Großen Anakonda der Sinneslust verschlingen lassen. Wer einmal einer solchen Gefahr entronnen ist, passt beim nächsten Mal schon etwas besser auf, in welchen Dschungel oder auf welches Moor er den Fuß setzt.

Auf dem Parkplatz der Raststätte ließ ihn ein rotblonder Lastwagenfahrer aus Holland in seine von oben bis unten mit schwerbrüstigen, nasslippigen und beinegrätschenden Damen tapezierte Kabine steigen, was bei Kirio zu einem neuen Erstickungsanfall hätte führen können, falls ihn der Holländer tatsächlich bis nach Rom mitgenommen hätte. Doch erfreulicherweise musste dieser ein paar Raststätten weiter, zwischen Pierrelatte und Orange, dringend schon wieder anhalten, nachdem seine Frau – Hier auf dem Handy! ein Foto! – ihn davon unterrichtet hatte, dass sie soeben glücklich mit Drillingen niedergekommen war – Hier! Und hier! Und hier!

Kirio kam nicht auf den Gedanken, dass er vielleicht selbst ein, zwei Kinder gezeugt haben könnte, die er nun womöglich in Prisca zurückließe. Wie soll man auch, wenn man nicht ausdrücklich darauf hingewiesen wird und ein Bewusstsein dafür pflegt, einen Zusammenhang herstellen zwischen dem Gestöber in Seidenritzen, dem fiebrigen Rausch und dem großen Krampf auf der einen und einem Menschen in klein auf der anderen Seite?

Der Holländer war kein fliegender, er blieb auf dem Parkplatz in seiner Kabine sitzen und skypte mit seiner Frau Doortje, und es war Kirio, der davonflog, aber erst ein wenig später. Zunächst einmal wurde er, aus dem Lastwagen springend, von dem inzwischen aufgekommenen Mistral erfasst, und weil dieser ihn nach Süden drängte, wo er ohnehin hinwollte, ließ er sich auf die Burg zutreiben, die in naher Ferne über einer steilen Felswand stand.

Alles ist im Süden heller, angefangen mit den Burgen. Das trockene, ockerfarbene Gestein und der Kalkfelsen, auf den es sich stützte, leuchteten weithin in der untergehenden Sonne und ließen sich von einem kalten Wind nichts anmerken. Als Kirio auf der Felskuppe ankam, hatte die Sonne gerade den Horizont erreicht und schien zu warten, was der junge Mann jetzt dort oben wohl anfangen würde. Es war nicht eben viel los an dem Abgrund, vor dem er stand; die Haupturlaubssaison war zu Ende, der Burgwärter hatte schon Feierabend, und so nahm außer mir und der

Sonne niemand Notiz von ihm, als er seine Arme ausbreitete und sich dem Wind anheimgab, der augenblicklich in die bauschigen Ärmel seiner Kittelbluse fuhr und ihn über die breite Rhône-Ebene und den Fluss hinweg auf die gegenüberliegenden Hänge und Schluchten der Ardèche zu trug.

Gut, ich gebe zu, dass ich dem Wind und damit Kirio ein bisschen unter die Arme gegriffen habe. Und dass dieses dezente Nachhelfen womöglich auch etwas über mich aussagt. Sagen wir, ohne mir schmeicheln zu wollen: Ich bin hilfsbereit. Oder war es vielleicht nur ein Reflex, wie jedweder ein Kind zurückreißen würde, das sich zu weit aus dem Fenster beugt? Verfüge ich über besondere Kräfte oder fließen diese mir erst in Kirios Nähe zu? Who knows. Hey, Kirio! Sag' was! Brauchst du mich eigentlich oder kommst du genauso gut ohne mich aus?

Kirio war, ob mit oder ohne mein Zutun, in einer weichen Mulde gelandet, vermutlich in der einzigen weichen Mulde der steinigen südlichen Ardèche, und dort lag er nun, erschöpft von den Mühen des Tages, und schlief. Ich probierte nicht aus, ob es in meiner Macht lag, ihn wach zu rütteln und für die Nacht in eine Jugendherberge oder Scheune zu scheuchen, sondern breitete eine warme Decke über ihm aus und beugte mich an der Seite des noch blassen Vollmonds über sein ebenso blasses Gesicht. Nie bot sich mir ein weniger teuflischer Anblick als dieser; nie erlebte ich arglosere Träume als die seinen. Eine echte, wenn auch keine besonders flüssige Träne fiel von oben auf seine Nase, und er kräuselte sie leicht im Schlaf wie ein schnuppernder Hase.

ν

HUHU! ANYONE IN THERE?

Ich nutze Kirios süßen Schlummer, um endlich mit einem lange vor mir hergeschobenen Geständnis rauszurücken. Vermutlich ahnten Sie es schon: Es gibt mich gar nicht. Doch kaum ist es gesagt, stellt sich die Frage, ob uns das wirklich bei der Identitätsfindung weiterhilft. Es gibt so vieles, was es nicht gibt! Illusionen, Erinnerungen, Wünsche, Träume, um nur ein paar solcher Phantomgebilde oder Nicht-Erscheinungen zu nennen. Offenbar gehöre ich zu dieser großen, nebulösen Familie, ohne dass vorläufig zu ermitteln wäre, zu welchem ihrer vielen Zweige oder gar als welcher ihrer besonderen Angehörigen.

Im Übrigen frage ich mich manchmal, ob es nicht völlig unwichtig ist, ob ich nun existiere oder nicht. Sie haben inzwischen eine Vorstellung von mir, and so do I. Solange *ich* mich aber denke und *Sie* mich denken, sei es nun als etwas, das existiert, oder als etwas, das nicht existiert, so lange gibt es mich doch wohl in hinreichendem Maße. On me pense, donc je suis. Point. Immerhin diese Frage wäre beantwortet.

Dass es mich vielleicht nicht *wirklich* gibt, bedeutet

natürlich nicht zwingend, dass ich eine zu vernachlässigende Größe wäre. Wer das behauptet, hat noch nie unter einer schmerzlichen Erinnerung oder unter den süßen Qualen der Sehnsucht gelitten. Und überhaupt: Was bliebe denn von einem Menschen übrig, wenn ich oder meinesgleichen nicht wäre? Wird nicht sein gesamtes Handeln, abgesehen von der Nahrungs- und Flüssigkeitsaufnahme und vielleicht noch zwei, drei anderen Kleinigkeiten, von den vermeintlich inexistenten Kräften geleitet, zu denen ich mich offenbar zu zählen habe? Aber lassen wir das. Man hat seinen Stolz und zudem anderes zu tun, als andere von der eigenen Wichtigkeit überzeugen zu wollen. Fürs Erste deshalb nur noch dies Eine: Nicht, dass ich mich ihrer schämen würde, aber ich fühle mich obengenannter inexistenter Familie eher entfernt verwandt. Wenn ich ehrlich bin, finde ich dieses innere Gewölk, das meine ganze Verwandtschaft darstellen soll, doch arg verschwommen im Vergleich zu mir, derdiedas ich in manchen Momenten ein derart deutliches Bewusstsein meiner selbst habe, dass ich geradezu in Versuchung bin, mich für eine Person zu halten. Dann wieder kommt es mir vor, als sei ich auf meine sprunghafte Weise in allen Geschöpfen und Gewächsen zugegen. Sogar am Grund der Ozeane und in den schwärzesten Löchern des Weltalls bin ich schon gewesen. Die Frage ist nur, ob ich von Anfang an in allen Erscheinungen stecke oder ob ich mich erst von außen in sie hineinbegebe.

Nehmen wir Kirio. Ich schaue von oben auf ihn

herab und, wenn der Zufall oder ich selber es so will, auch von unten zu ihm empor. Zugleich stecke ich in seiner Haut und blicke aus seinen geweiteten Augen in die Welt. Es ist anzunehmen, dass ich im Verfasser dieses Buches ebenso wie in seinem Leser stecke; in Dornröschen, in Peter Handke und in Karl dem Großen. Ich bin überall zugleich und nirgendwo: Kein Wunder, dass es Leute gibt, die meine Existenz bezweifeln. Mögen sie mich nur bezweifeln oder verleugnen! Wehren kann sich keiner gegen meine Anwesenheit, weder der härteste Schädel noch das FBI.

Und nun schlug Kirio in seiner weichen Mulde am Morgen die Augen auf und sah mich.

Moment mal: War ich nicht unsichtbar?

Er sah mich oder die erste Morgenröte, mit der ich gerne zusammenfalle, und lächelnd schlug er die Decke zurück, die ihn vor der klammen Nachtluft schützen sollte, sprang auf die Füße und blickte umher. Zwei Vögel aus der Familie der Neuntöter, mit schwarzen Masken über den nicht weniger schwarzen Augen, raschelten im Gebüsch; auch eine Spitzmaus, eine Gemeine Keiljungfer (die Kirio glücklicherweise nicht als solche erkannte, sonst hätte er womöglich schon wieder die Beine in die Hand genommen) und eine unbestimmte Anzahl von anderen Kerbtieren waren bei seinem Erwachen zugegen, ohne sich weiter zu erkennen zu geben. Er atmete tief, sog die Frische des neuen Lebensmorgens ein, und seine Jugend, bis über alle Wipfel in Morgenrot getaucht, nahm Anlauf – und schlug Rad. Und noch einmal und noch einmal und noch einmal, bis er vor dem Eingang einer Höhle stand, was nicht weiter verwunderlich war, wenn man bedenkt, dass er in einer Höhlengegend gelandet war. Der sonst eher unerschrockene Kirio zögerte vor dem schwarzen, von hellem Mergelstein umrahmten Loch, als erwartete er, gleich einen Haufen fellbehangener und mit Keulen bewaffneter Männer und ein Mammut daraus hervorkommen zu sehen. Stattdessen ragte aus einer Steinritze der Torso einer erstarrten Perleidechse, die, auf ihre leicht angewinkelten, schuppigen Vorderbeine gestützt wie für eine Reihe morgendlicher Liegestützen, den Oberkörper in die Höhe reckte und Kirio dabei ansah, ohne zu zwinkern. Es sind dies sehr scheue und seltene Tiere, die jede menschliche Gegenwart schon von weitem spüren und sich blitzschnell zurückziehen, doch obwohl sich Kirio nicht auf Zehenspitzen genähert hatte – eher schon, aber keineswegs lautlos, auf Fingerspitzen –, schien er bei der Perleidechse nicht als menschliche Gegenwart durchzugehen. Sie blieb reglos in ihrer Ritze neben dem Grotteneingang sitzen wie ein grüner Torhüter aus Gips, und da auch Kirio versteinerte bei ihrem Anblick, können Sie das Buch erst einmal für eine Weile aus der Hand legen und die Wäsche aufhängen gehen oder sich einen Drink einschenken, bis die beiden wieder aus ihrer hypnotischen Starre erwachen. Und wenn Sie jetzt glauben, mich ertappt und als Autor identifiziert zu haben, muss ich Sie enttäuschen: Dass ich im Autor bin, bedeutet noch lange nicht, dass ich auch *der* Autor bin. Wenn die Sache so einfach wäre, würde sie mir wohl kaum selbst ein Rätsel aufgeben.

Übrigens habe ich versucht, die Perleidechse als Erzählerin für die kommende Episode aus Kirios Leben in dieser menschenleeren Gegend zu gewinnen; no way. Ich spürte genau, wie sie mich fixierte mit ihrem dritten, zwischen den beiden seitlichen Augen unter der Haut versteckten Auge, doch obwohl ich ihr eine Doppelrolle als Erzähler und Autor, ein dreimonatiges Aufenthaltsstipendium in der Villa Aurora und sogar den Literaturnobelpreis versprach, zeigte sie nicht das geringste Interesse an meinem Vorschlag. Noch nicht einmal mit der Wimper würde sie gezuckt haben, wenn sie eine gehabt hätte. Und so fällt die Erzählerrolle wieder mir zu, der ich im Zweifelsfall der Einzige bin, der alles mitbekommt.

Huhu! Ist da jemand?, rief Kirio schließlich in die Höhle hinein.

Wie fast immer bei solchen Gelegenheiten antwortete niemand, entweder weil keiner da war oder weil diejenigen, die sich in eine Höhle zurückziehen, gerne unerkannt bleiben.

Vorsichtig, Schrittchen für Schrittchen und ohne jegliche Handstände oder Purzelbäume, drang Kirio in die Höhle ein. Da sie für die Öffentlichkeit freigegeben war – auch wenn diese an jenem Tag nur aus Kirio bestand –, können wir davon ausgehen, dass es sich hierbei nicht um einen der mit steinzeitlichen Wandmalereien geschmückten und als Weltkulturerbe geschützten Fundorte handelte, sondern um einen jener kleineren, unscheinbareren Hohlräume im Gestein, von denen die Ardèche nicht wenige besitzt. In kurzen, immer kürzer werdenden Abständen hielt Kirio inne, um das Dunkel an seine Augen zu gewöhnen. Auch schloss er manchmal die Augen, als Mutprobe vielleicht oder um dem Dunkel außen sein inneres Dunkel zuzugesellen und sich auf das kaum hörbare Rauschen oder Plätschern zu konzentrieren, das aus den Tiefen der Grotte drang, als würde er das Ohr an eine Muschelöffnung legen. Von draußen mischte sich das bunte Stimmendurcheinander der Vögel ein. Dem frischen Morgen zugewandt, der jetzt im Höhleneingang als leuchtendes Medaillon vor ihm erschien, setzte er sich auf den trockenen Boden und bekam allmählich das Gefühl, im Schutz dieser Höhle ein vorläufiges Zuhause zu haben – behaupte ich jedenfalls, denn, wie er sich in der Grotte, richte ich mich für dieses Kapitel unter seiner Schädeldecke ein.

Er holte die warme Decke, die er von mir bekommen und, ohne nach dem Spender zu fragen, angenommen hatte. Daraufhin befand er, dass es keiner weiteren Einrichtungsgegenstände bedürfe, und nachdem er sich von der immer noch nicht aus ihrer Erstarrung erwachten Perleidechse mit einer tiefen Verbeugung und, schon halb von ihr abgekehrt, mit Handkuss verabschiedet hatte, machte er sich auf, die nähere Umgebung zu erkunden. Er fragte einen gelbbauchigen

Vogel nach einem Bach, an dem er trinken könne. Veuillez me suivre; wenn Sie mir bitte folgen möchten, antwortete der Vogel, der zufällig eine Gebirgsstelze war. Gleich am ersten Tag lehrte ihn ein Hase, die wilde Möhre vom Schierling zu unterscheiden. Er fand Brombeeren und Pilze, Sträucher, darunter den Alant, dessen lange Wurzeln essbar, und andere, wie den Bocksbart, die von Kopf bis Fuß schmackhaft waren. Von allen Seiten wurde er freudig begrüßt und, vor allem von den kleinsten seiner neuen Nachbarn, die keine andere Ausdrucksweise kannten, auch schon mal kameradschaftlich gestochen oder gebissen. Nie hatte er sich weniger einsam gefühlt denn als Eremit in seinem neuen Grottenheimatland. Ohne alle fremde Hilfe lernte er, sich nicht mehr zu kämmen und die Zähne zu putzen. Manchmal betrachtete er sich im Zerrspiegel des Baches, doch jedes Mal, wenn er einen Blick auf sein Gesicht erhaschen wollte, öffnete sich dieses, von der Strömung erfasst, und floss in den blauen, wolkendurchschwommenen Himmel.

Wir wollen nicht so tun, als hätte es in jener geselligen Zeit in der Einöde nicht auch das eine oder andere menschliche Wesen gegeben, doch ihre Anzahl im Verhältnis zur übrigen Bevölkerung glich in etwa der des Habichtadlers, der Ginsterkatze und der anderer größerer Prädatoren. Da war der Briefträger, Rousseau, der Kirio zwar keine Post in seine Grotte brachte, der aber nebenbei auch Jäger war und Kirio an einem Sonntagmorgen für ein fliehendes Reh hielt und prompt beinahe erlegt hätte. Er schoss ihm ein Loch in den Hut, den dieser nicht trug, anders gesagt, er schoss sehr nah an seinem Kopf, nicht aber an seinem linken Ohr vorbei, aus dessen oberer Rundung die Kugel ein Stück Knorpel riss. Er habe eh keine Verwendung für dieses Oberohr gehabt, rief Kirio zur Beruhigung, nachdem ihm der erschrockene Rousseau aus seinem Flachmann, der ihm auch als Brustschutz diente, einen Schuss Schnaps über die Wunde gekippt hatte. Solange er ihm nicht mit seiner Kugel die Ohrmuschel verstopfe, könne Rousseau gerne von dem Knorpelgewächs etwas abhaben. (Tatsächlich war Kirio mit Ohrvolumen eher reichlich ausgestattet.) Freundlicher und fürsorglicher zeigte sich selten ein Jäger mit seiner Beute als Rousseau mit dem angeschossenen Kirio. Er verarztete ihn, so gut es ging, gab ihm von seinem Proviant zu essen und von dem Flachmannrest zu trinken und war überhaupt in jeder Hinsicht bemüht, den schlechten Eindruck zu verwischen, den er glaubte, bei Kirio hinterlassen zu haben. Es brauchte aber einiges mehr, und zwar für Rousseau ganz und gar Unvorstellbares, um bei Kirio einen schlechten Eindruck zu hinterlassen! Aber wie hätte er das wissen sollen? Ich ahnte es ja selber erst. Der Fall war, solange ich Kirio kannte, noch nie eingetreten.

Rousseau, der fast Kirios Mörder geworden wäre, wurde stattdessen am ehesten das, was man einen Freund nennt. Ich sage »am ehesten«, weil man sich genauso gut oder schlecht mit einem Wiesel hätte anfreunden können. Rousseau versorgte Kirio regelmäßig mit Essbarem, das sich angenehm vom Wurzelgemüse unterschied, und brachte ihm auch sonst alles mögliche Brauchbare, darunter einen Gaskocher, Kerzen, abgetragene Kleider und einen Schlafsack. Er überließ ihm sogar sein altes Mobiltelefon, damit Kirio ihn herbeirufen könnte, falls er dringend Hilfe bräuchte, doch das Telefon erwies sich als derart mobil in Kirios Händen, dass es schon nach ein paar Tagen wieder verschwunden war. Kirio selbst war erstaunlicherweise nach mehreren Wochen immer noch da. Er streifte durch die Wälder, sammelte Beeren und Erfahrungen und neuerdings Kastanien, und auch wenn Sie's nicht glauben, sondern für eine allzu absichtsvolle Erfindung von mir halten, trank er, ohne im Übrigen den Namen des Gewässers zu kennen, an der Quelle des Bachs der Freude oder des Ruisseau de la Joie, der in die Ardèche fließt (die nicht nur eine Gegend, sondern auch ein Fluss ist) und mit dieser zusammen in die Rhône und dann ins Mittelmeer, wo der Bach der Freude sich endgültig verliert. Kirio aber saß an der Quelle; er freute sich und fror, er war hungrig und vom Regen durchnässt und lachte. Nichts von dem, was ihm widerfuhr oder was er zuwege brachte, reichte an das staunende Am-Leben-Sein heran.

Und am Abend? Was tat er, wenn die abendländische Sonne untergegangen war, was im Oktober in dieser Gegend schon gegen sechs Uhr geschieht? Um sieben war es Nacht. Was dann? Schlafen? Singen? Ins Dunkel hineinlauschen? Zählen?

Wenn dem Mond kein Vorhang vorgezogen war, lag Kirio am liebsten vor der Grotte auf dem Rücken. Aus tausend Augen blickte ihn der Himmel an, und so wenig ich sonst geneigt bin, an meine stoffliche Existenz zu glauben: In solchen Momenten war ich eines davon. So hell funkelte jedes einzelne Körnchen der großen Lichtstaubwolke, dass es war, als wäre die Sonne explodiert und hätte sich in unzähligen leuchtenden Teilchen über den Himmel verstreut. Und Kirio wachte und schlief ein, von funkelnden Tausendschaften bewacht.

So, wie ich es gerade getan habe, kann wohl nur einer das Leben in der Wildnis verklären, der keine kalten Füße kriegt, und sei es auch nur, weil er keine hat. Das hand- und fußlose Etwas, das ich bin, weiß aber durchaus, dass Kirio sich eine chronische Bronchitis zuzog im nahenden Winter, dass Spinnen und Wanzen ihn bissen und nicht selten der Hunger an ihm nagte. Doch ist es nun einmal so gewesen, dass er alles, was geschah, und zwar von Anfang an, als ein persönliches Geschenk empfing. Er machte dabei keinen Unterschied zwischen gut und schlecht, lästig oder wohltuend. Alles, was es zu erfahren gab, war ihm willkommen, believe it or not.

Dann gab es noch Dieter. Ich meine: unter den menschlichen Wesen, mit denen es Kirio, ohne deren Nähe gesucht zu haben, in seiner Einöde zu tun be-

kam. Für einen großen Prädator war Dieter eher unty-
pisch: Er hatte in Marburg Soziologie und Psychologie
nicht fertig studiert und war anschließend, angesichts
der Wetter- und Arbeitslage in Deutschland, in den
Süden Frankreichs abgezogen. Als nach seinen Eltern
keine weiteren Mäzene in Erscheinung traten, hatte er
sich der Ziegenzucht verschrieben und sich ein mi-
metisch-spitzes Ziegenbärtchen wachsen lassen. Mit
den dreiunddreißig Tieren, aus deren Milch er einen
den europäischen Richtlinien nicht annähernd ent-
sprechenden Picodon-Käse herstellte, sprach er eine
Sprache, die deutsch klang, bei näherem Hinhören
aber eher Französisch war. Dieter war hart im Nehmen und weich im Austeilen. Besonders die Frauen,
und darunter wiederum vorzüglich die Frauenkämp-
ferinnen Marburgs, hatten Dieter tyrannisiert, bis sie
relativ früh mehr oder weniger verschwunden waren aus seinem Leben. Jetzt hatten die Ziegen einen
dienstfertigen Stallknecht an ihm. Ihre Moderhinke
und ihre Breinierenkrankheiten bekämpfte er mit
Mixturen aus eigener Herstellung, und bei der Suche
nach den nötigen Kräutern dazu war er eines Tages auf
Kirio gestoßen. Der Ziegenhirt erblickte in Kirio sei-
nesgleichen, einen Sammler, einen Aussteiger, der das
Aussteigen auf eine bewundernswerte Spitze getrieben
hatte, und er stimmte hartkonsonantische Lobgesänge
auf den neuen Höhlenmenschen an. Er selber trank
abends gerne Pernod und schaute dabei Satellitenfern-
sehen, und er schlug Kirio vor, bei ihm einzuziehen

und es ihm nachzutun (etwas Hilfe versprach er sich auch davon). Vielleicht hätte jemand tatsächlich beide auf den ersten Blick für harmlose, mehr oder weniger verwahrloste Narren halten können. Doch für mich, derdiedas ich Kirio schon länger und außerdem von innen kannte, war dieser zwar neuerdings etwas verwahrlost, aber alles andere als ein harmloser Narr. Seine Arglosigkeit hatte Revolutionspotential, behaupte ich: wait and see. Und ein Aussteiger war Kirio noch nie gewesen; dazu hätte er erst einmal irgendwo einsteigen müssen.

Wenn es stürmte oder regnete, blieb Kirio in der Höhle. Obwohl diese nicht sehr geräumig war, konnte er in ihren hinteren und oberen Bereichen ohne eine Taschen- oder Petroleumlampe auch nach längerer Gewöhnung der Augen an das Dunkel nicht viel erkennen. Und so merkte er erst spät, nämlich, als ihm Rousseau Kerzen mitbrachte, dass über ihm Tag für Tag Hunderte geflügelter Wesen still und friedlich schliefen. Sie »fremde Wesen« zu nennen, wäre falsch gewesen. Denn nicht nur, dass Kirio, wie wir uns erinnern, bei Gelegenheit auch fliegen konnte – für Skeptiker mag fliegen ein anderes Wort sein für rennen oder forsches Wandern –, er hatte noch eine andere Ähnlichkeit mit den Höhlentieren, und zwar seine Vorliebe für das Kopfunter. Entgeistert und begeistert stand er – ausnahmsweise auf den Füßen – in einer Höhlenecke, eine Hand mit mehreren brennenden Kerzen hoch über den Kopf gereckt, und blickte auf die dicht gedrängte, ihm stalaktitenartig entgegenwachsende Schar der Fledermäuse. Nach und nach gelang es ihm, in dem Gedränge an der Decke einzelne Tiere voneinander zu unterscheiden, die sich Augen und Ohren zuzuhalten schienen. Bei jedem anderen hätte eine solche Geste leicht panisch wirken können; bei den Fledermäusen aber war es, jedenfalls von unten betrachtet, als stützten sie trotzig, oder Trotz spielend, das Gesicht auf die Hände und die Ellenbogen auf einen imaginären Tisch.

Dass der Kopf über dem restlichen Körper schwebt, ist keine anatomische Fatalität; so viel wusste Kirio bereits. Doch dass die Kopfsteher so zahlreich sind und sogar im Pulk auftreten können, wurde ihm erst jetzt richtig bewusst.

Er blies die Kerzen aus. Hielt sich die Hände vor die Augen. Und, den gespitzten Fledermausohren zugewandt, fing er an, seine später zu großer Berühmtheit gelangte »Rede an die Fledermäuse« zu halten, die übrigens zugleich eine Rede an die gerade nicht anwesenden Wale war:

»Ihr Deserteure, ihr Flüchtigen, ihr Flugmäuse: je vous aime! Einmal seid ihr wie wir alle über die Erde gegangen. Staub drang euch in die Nase und wenig Essbares in den Mund, denn Nahrung war nur spärlich vorhanden für eure große Familie, die auch unsere große Familie ist, und diese Familie nahm viel Platz ein, wie alle Familien, und machte einigen Lärm. Lärmempfindlich wart ihr damals schon. Ihr hattet große

Sehnsucht nach Fliegen und großen Hunger nach Fliegen. Vielleicht habt ihr schon frühzeitig versucht abzuheben, aber was es dazu brauchte, hat euch erst später die Sehnsucht aus den Armen wachsen lassen. Irgendwann wart ihr weg. Euer Verschwinden ist zunächst im allgemeinen Trubel nicht sonderlich aufgefallen. Wo wart ihr hin verschwunden? Das Staunen war groß, als wir am Abend die Köpfe hoben und euch über uns durch die Luft zickzacken sahen. Ihr hattet euch aus dem Staub gemacht und uns darin zurückgelassen.

Ach, wie gerne ginge ich auch unter die Deserteure und zöge in ein anderes Element um! Die Luft würde mich mehr locken als das Wasser, wohin die Wale sich begeben haben. Übrigens leuchtet es mir durchaus ein, warum es so sein musste und nicht umgekehrt, also warum ihr Fledermäuse euch nicht ins Wasser und die Wale sich nicht in die Luft verzogen haben. Bei euren Anpassungsfähigkeiten hättet ihr euch sicherlich auch im Wasser behaupten können. Aber der Wal! Wie hätte er, mit seinen Dutzenden oder gar Hunderten von Tonnen Gewicht, sich in die Lüfte hissen sollen? Sein entfernter Cousin der Zeppelin hat es zwar geschafft, ist aber dabei nicht ohne menschliche Hilfe ausgekommen. Wer den Menschen flieht, wie der Wal, kann von ihm nicht viel Hilfe erwarten. Vielleicht hätte er eine Chance gehabt, wenn er eine noch höhere Etage angestrebt und sich, statt unter die flinken und fremden Vögel, unter die ihm näher verwandten Wolken hätte mischen wollen. Er ging ins Wasser. Und zwar nicht, um ein bisschen an der Oberfläche zu planschen. In mehrere hundert oder gar tausend Meter Tiefe hat er sich verzogen! Seit Millionen Jahren durchpflügt er die ewige Nacht und taucht nur auf, wenn es gar nicht mehr anders geht. Wie muss er uns alle leid gewesen sein! Niemand hat je seine Familie so weit hinter sich gelassen und sich in eine derart unerreichbare Ferne verzogen.

Aber ihr! Obwohl der Himmel so viel tiefer ist als das Meer, seid ihr ganz in unserer Nähe geblieben; so nah, dass ich euch beinahe von der Decke pflücken könnte wie umgekehrte Blumen. Ihr möchtet Vögel sein, aber seit wann lassen Vögel den Kopf so hängen? Seit wann bauen sie keine Nester, sondern gebären ihre Jungen kopfunter von der Decke baumelnd, obwohl diese noch gar nicht fliegen können? Und seit wann fliegen sie Zacken und keine Kurven?

Ihr habt uns verlassen, um euch den Vögeln anzuschließen, aber es sind nie Vögel aus euch geworden. Jetzt steht oder vielmehr hängt ihr ganz alleine da. Fliegende Nichtvögel, schwimmende Nichtfische, Andersrumwohnende, Kopfuntergebärende, Deserteure! Je vous aime!«

Erst jetzt nahm Kirio die Hände von den Augen, denn er brauchte sie dringend, um auf ihnen die Höhle zu durchqueren und einmal an den Wänden entlang einen Kreis zu beschreiben, bevor er den Ausgang nahm und ins Radschlagen kam.

Das alles ist verbürgt.

Diese Rede habe ich Wort für Wort gehört und mit meinem ultrasensiblen, draht- und, genau gesagt, mikrofonlosen Mikrofon aufgenommen, um sie zu retten für die kommenden Menschengenerationen. Es war die erste einer Reihe von Reden, die Kirio im Laufe seines Lebens Tieren und Pflanzen, Gegenständen und Menschen hielt. Er sprach unterschiedslos zu allem und jedem, als hätte alles und jedes Ohren und Hirn, ihn nicht nur zu hören, sondern auch zu verstehen. Bei späteren Gelegenheiten gab es dabei noch andere Zeugen als mich, und natürlich – oder unnatürlich – hielten viele, die sie hörten, seine Reden für Selbstgespräche und ihn selbst für verrückt. Ob man besser verstanden wird, wenn man, wie Sie wahrscheinlich, nur mit seinen Artgenossen oder allenfalls noch mit Haustieren spricht, scheint aus meiner weiterhin unbestimmten Warte zweifelhaft. Übrigens bekam Kirio, manchmal jedenfalls, auch Antwort. Die Antworten hörte meistens nur er. (Und wie immer ich.)

Einmal aber, im folgenden Frühling, hörte er etwas, was keine Antwort sein konnte, denn weder hatte er eine Frage gestellt noch eine Ansprache gehalten, noch sich sonst irgendwem gegenüber geäußert. Es war aber eindeutig eine Stimme zu vernehmen, und diese kam – ja, woher kam sie, es war doch keiner da außer mir. War es vielleicht meine? Würde ich sie in diesem Fall nicht erkannt haben? Tatsächlich war mir die Stimme nicht ganz fremd; sagen wir, sie war mir zugleich vertraut und fremd, etwa, wie die menschliche Stimme es ist, wenn sie von außen, etwa über eine Tonaufnahme, in den Schädel dringt. Können wir daraus schon schließen, dass sie mir gehörte?

Die Stimme kam aus einer Ecke, gleich links hinter dem Eingang der Grotte, wo Kirio seine paar Kleider, Vorräte und Fundstücke untergebracht hatte. Genauer gesagt, kam sie aus einem Ammonshorn, das er ein paar Tage zuvor am Bachufer gefunden hatte.

Aus einem Ammonshorn, so so. Es stieß da also jemand in ein Millionen Jahre altes Horn. Very well. Ich gebe zu, das würde nicht schlecht zu mir passen. Und was sagte diese Stimme, die vielleicht meine war?

Sie sprach kurz und eindringlich, dabei eher leise. Kirio, sagte sie, du wirst gebraucht. Steh auf – er stand schon – und mach dich auf den Weg. Deine Gaben und Aufgaben kennst du nicht; würdest du sie kennen, wären es keine. Jetzt wach auf, geh in die Städte und misch dich unter die Steine und die Leute.

Kirio war keiner, der Befehle oder Anweisungen entgegennimmt und gehorsam ausführt. Mehr aus disziplinarischem Unvermögen denn aus Widerspenstigkeit handelte er von jeher an allen Direktiven vorbei. Ein guter Soldat wäre nicht aus ihm geworden. Außer vielleicht, man hätte aus einem Ammonshorn zum Appell geblasen? Denn diesmal tat er, wie ihm gewiesen wurde. Zwar stürzte er nicht gleich los – was eigentlich am ehesten seinem Temperament entsprochen hätte –, blieb sogar noch, bis hier und da die ersten Kornblumen blühten. Aber er hatte die Stimme im Ohr, die ihn zum Aufbruch drängte, und diesen Aufbruch bereitete er, vielleicht um ihn hinauszuschieben, vor, indem er sich jeden Stein und jeden wilden Olivenbaum, jede Mehlschwalbe und jeden Frosch einzuprägen versuchte, als sollte er sie nie mehr wiedersehen. Und in der Tat: Wer kann schon sicher sein, eine Schwalbe wiederzusehen? In der Zivilisation der Un-Menschen, also der Siebenschläfer, Schnurfüßer und Samtkopfgrasmücken, hatte er sich wohlbefunden. Wie würde es ihm in der städtischen Wildnis ergehen?

Wir lassen ihn jetzt erst einmal seine Runden drehen, damit er sich beim Blutklee und beim Goldlack, bei den Buchfinken, Bussarden, Ameisen und Zikaden und natürlich irgendwann auch bei Dieter und Rousseau einzeln und eher zeremoniell verabschieden kann. Bevor uns jemand das Kapitel unter den Füßen wegzieht und Kirios Geschichte in der französischen Hauptstadt weitergeht, will ich das Wort noch schnell an einen neuen Erzähler weitergeben, denn ich habe jetzt erst einmal genug geredet.

Was? Schon wieder einer, der noch in den Federn liegt? Na gut, es ist Samstagmorgen um acht, und er schläft nicht mehr, sondern liegt mit offenen Augen im Bett. Trotzdem: Ist das noch Zufall oder hat jemand sämtliche potentiellen Erzähler dieser Geschichte umgemäht?

May I introduce you: Duval, der Leser; der Leser, Duval.

Duval sieht zu der Frau hin, die neben ihm liegt

und ebenfalls schon wach ist, ihre Augen aber noch geschlossen hält. Sie heißt Marie-Neige, auf Deutsch Schneemarie, und ihre Haut ist so hell wie ihr Name, heller als das weiße Laken, heller als die Zukunft sowieso, heller als der Morgen. Sie lauscht.

Duval, it's your turn.

WIE KIRIO DIE STADT EROBERTE

Hab ich dir eigentlich schon mal von Kirio erzählt?,
fragt Duval Schneemarie. Sie bringt hinten im Gaumen
zwei kurze verneinende Laute hervor.

Kirio war ein Freund von mir, fährt Duval fort. Sagen wir: ein Bekannter, von dem ich mich allerdings
frage, ob ich ihn überhaupt gekannt habe. Vielleicht,
wie ich den Schnurbaum im Park unten kenne oder
die scheckige Katze der Nachbarin: als anziehende,
fremde Wesen. Wie hätte ich ihn auch anders kennen
können? Er war eine Art Zufallsprodukt, etwas von der
Natur angeblich nicht Vorgesehenes – als ob die Natur
nicht auch das Unvorhergesehene vorhersehen und
mit einschließen würde. Muss sie nicht immer auf etwas Neues gefasst sein? Er war das Korn, das in eine
abseitige Ritze gefallen und wundersam aufgegangen
war.

Duval beschreibt mit beiden Händen etwas wie
einen emporsteigenden Wasserstrahl.

Im üblichen Sinne kannte ich ihn wohl nicht, sagt
er. Wer war er? Wo kam er her? Wo war er aufgewach-
sen? War er einmal Postbeamter, Maschinenbauingeni-

eur, katholischer Priester gewesen? Ich weiß es nicht. Oft stand er vor dem Eingang des Café des Buttes und unterhielt sich mit dem Kellner, wenn dieser seine Zigarettenpause machte. Sie sprachen angeregt, doch zu hören war immer nur der Kellner. Aufgeladen mit Elektrizität oder mit einer anderen, geheimnisvolleren Energie, standen ihm, dem stillen Redner, die feinen Haare vom Kopf, kreuz und quer, wie von in allen vier Himmelsecken aufgestellten Magneten angezogen oder als strömte ihm die Rede statt aus dem Mund bis in die Haarspitzen.

Da stand er also, und das war auch schon der Moment, wo ich zu ihm hinlaufen und ihn hätte umarmen können, so herzerwärmend und -erweiternd war sein Anblick, aber natürlich tat ich das nicht, zumindest meistens nicht, denn ein Mann rennt nicht los und umarmt einen anderen, weil er das plötzliche Bedürfnis danach verspürt. Ich jedenfalls tue das nicht. Ich bin kein Ritzenmensch. Mein Korn fiel mit vielen anderen in die für uns gegrabene Furche.

Oder zum Beispiel, wenn zwei sich prügelten. Er ging auf die Streitenden zu und warf, wie andere einen Eimer kaltes Wasser über zwei raufende Hunde kippen, ein paar Handvoll Linsen oder Reiskörner auf sie, als wären die beiden ineinander Verkrallten Brautleute und keine Kampfhähne. Die Linsen oder Bohnen oder Reiskörner gingen meistens unbemerkt über den beiden nieder und blieben verstreut am Boden liegen. Er umkreiste die Kämpfenden und bekam manchen

Schlag oder Tritt ab, der nicht auf ihn gemünzt, sondern im Gefecht verlorengegangen war. Er gab nicht auf. Zog ein dolchgroßes Messer aus dem Innern seines alten Regenmantels hervor und ging damit auf die beiden los, schnitt dem einen den Ärmel auf bis an die Schulternaht, spaltete dem anderen die Schuhsohle. Sie sahen, dass sie es mit einem zu tun hatten, der zu nichts, anders gesagt, zu allem fähig war, und liefen fort.

Duval blickt kurz zu Schneemarie hin, die sich gerade eine Hand unter den Kopf gelegt hatte, wodurch ihr Oberarm von seiner weißesten Seite zu sehen war.

Kirio wohnte im sechsten Stock eines prachtvollen Gebäudes der Rue Cavendish, fuhr er fort. Von ihm erfuhr ich, dass der englische Physiker Cavendish seinen Namen neben einer Pariser Straße auch einem Mondkrater gegeben hat. Und tatsächlich konnte man sich, wenn man Kirio besuchte, fragen, an welcher von beiden Adressen man sich hier wohl befand, in einer Pariser Straße oder auf dem Mond. Sein Zimmer war eine jener einstigen Dienstmädchenkammern, in denen, seit es keine Dienstmädchen mehr gibt, Studenten und Arme aller Länder hausen.

Zu Kirios Kammer gelangte man über die Dienstbotentreppe. Bis dahin verlief alles erwartungsgemäß. Dann hätte es eigentlich hinter der Tür mit einer Pritsche an einer Seite der Kammer weitergehen müssen und vielleicht mit einem alten, dickbäuchigen Fernsehapparat am Fußende der Pritsche. Stattdessen ging es gar nicht weiter. Klopfte man an und Kirio war zu Hause, so öffnete sich eine mit einem Vorhang verhängte Luke in der Tür, eine Art Durchreiche, wie in einer Gefängniszellentür, die aber von innen zu öffnen war. In der Luke erschien Kirios Gesicht, in das ich, auch und gerade wenn es nicht lächelte, nie ohne ein Lächeln sehen konnte. Kirio bat seine Besucher nie zu sich hinein; nicht aus mangelnder Gastfreundschaft, sondern weil außer ihm selbst niemand und nichts mehr in die Kammer hineingepasst hätte. Sagen wir, es sah aus wie in einem Mondkrater, wenn der Meteorit gerade eingeschlagen und die Mondsonde unter Geröll begraben ist.

Alles hat seine Ordnung, sagte Kirio. Ich weiß genau, wo etwas nicht zu finden ist.

Für Besucher hatte er außerhalb seines Zimmers vorgesorgt. Auf dem Gang stand gegenüber der Tür immer ein Hocker, auf dem sich ein Gast niederlassen konnte. An der Außenseite der Tür war ein Klappsitz befestigt, auf dem sich der Hausherr niederließ. Neben dem Sitz hing an einem Nagel ein Korkenzieher an der Zimmertür. Wenn man durch die Luke in das Kirio'sche Sammelsurium schaute, sah man in ein chaotisches Stillleben hinein, in dem umso mehr »l«s schwammen, je weniger Wein noch in der mitgebrachten Flasche war. Man nahm die von Kirio angebotenen Datteln und Gazellenhörnchen zu sich und redete und schwieg, während der Gastgeber immer wieder aufsprang und durch den Gang oder durch seine Sammlung turnte, um dieses und jenes herbeizutragen.

Was es denn in diesem Zimmer alles zu sehen gegeben habe, fragt Schneemarie.

Ach, allerlei Aufgelesenes und Angesammeltes, Schildpattkämme mit eingeschlagenen Zähnen, Radioapparate, von denen keiner wusste, ob sie noch funktionierten, mindestens zwei Toaster. Aus dem einen sahen Kochlöffel, Schraubenzieher und büschelweise Vogelfedern hervor, über dem anderen klemmte eine Reihe alter und neuerer Kopfhörer. Steine gab es in allen Größen und Formen, auch Brocken abgefallenen Putzes und Dachziegelstücke aus Zink oder Ton, ein Teil eines Kupferrohrs, Seifen in verschiedenen Stadien der Abnutzung und in Formen, die den steinernen nicht unähnlich waren. Bücher in allen möglichen Sprachen, die Kirio wohl kaum entziffern, sondern nur betrachten konnte, mehrere Altflöten, drei Fotoapparate, eine mit Holzkugeln ausgestattete Rechen- und sogar eine elektronische Lesetafel. Schieferstücke, dünnschichtig und brüchig wie aus schwarzem Blätterteig.

Kirio sagte Sätze wie: Was brauch ich Phantasie, solange ich Steine hab. Oder: Wenn ich richtig verstehe, habe ich Sie nicht richtig verstanden. Oder: Hör mal auf zu schimpfen, ich hab schon einen ganz bitteren Geschmack im Mund. Oder: Hast du schon mal einer Fliege ins Angesicht gesehen?

Komischer Typ, sagt Schneemarie. Wohl einer von denen, die keiner Fliege was zuleide täten.

Eher war es so, dass keine Fliege ihm etwas zuleide tun konnte, sagt Duval. Er schien gefeit gegen jeden noch so kleinen Angriff, angetan mit einer unsichtbaren Rüstung, die alle bewaffneten Arme sinken und alle Stachel abfallen ließ. Ich stelle fest, dass es so war, ohne dass ich je hätte verstehen können, wie er es anstellte, wobei das Wort »anstellen« schon ganz falsch ist, denn er dachte sich ganz offensichtlich nichts »dabei«, das heißt, bei der Entwaffnung seiner Gegenüber. Sie geschah unabsichtlich, nebenbei. Ebenso gut könnte ich fragen, wie es den Vögeln wohl gelingt, sich in die Lüfte zu schwingen, und den Tausendfüßlern, sich mit ihren oder trotz ihrer tausend Füße vorwärts zu bewegen. Es gibt dafür Erklärungen, aber auch wenn wir sie kennen und begriffen haben, verstehen wir noch lange nicht, wie es geht.

Kirio nahm alles wörtlich; einer gewissen Form von Ironie gegenüber war er unempfänglich oder wollte es sein: Auch das habe ich nie herausfinden können. Komplimente nahm er immer für bare Münze, selbst wenn sie noch so herablassend oder sogar eher getarnte Kränkungen waren. Denen hast du's aber gegeben!, sagte zum Beispiel der Patron des Bistros, wenn Kirio wieder einmal auf seine Reiskörner oder Erdnüsse streuende Art zwei Streitsuchende beschwichtigt hatte. Sagte der Zeitungshändler nach mehreren Schlecht-Wetter-Tagen: »Wisst ihr, was angeblich hilft, wenn es lange ununterbrochen regnet? Man soll eine Heilige Jungfrau in die Dachrinne stellen«, so lächelten alle, einschließlich Kirio und der Zeitungshändler selbst, wie über den Einfall eines Kindes, aber Kirio war der Einzige, der gleich beim Nachhausekommen eine womöglich in einem der Toaster oder sonstwo aufbewahrte elfenbeinfarbene Plastikmadonna hervorholte, der sich dann einen Weg zu seinem Dachfenster bahnte, sich herausbeugte und die Madonna die paar Ziegel herunterrollen ließ, die seine ausgestreckte Hand noch von der Dachrinne trennten. Und es half! Jedenfalls einmal hat es geholfen. Am nächsten Tag war der Himmel so azurblau-blank, wie er es sonst eigentlich nur an der Côte d'Azur ist.

Das Einzige, was Kirio nicht für bare Münze nahm, war die bare Münze selbst. Er verstand nicht, was es auf sich hatte mit dem Geld. Das heißt, er verstand schon, dass man es eintauschen konnte gegen verschiedene nützliche oder nutzlose Güter. Aber dass man es anhäufen und horten konnte, dass man damit nicht nur Güter erwerben, sondern auch über Menschenzeit und -leiber verfügen konnte, das ging über seinen Horizont hinaus, nein, es reichte nicht annähernd an seinen Horizont heran. Zwischen einer kleinen und einer größeren Summe machte er keinen Unterschied. Und mit richtig großen Summen hatte er nicht zu tun; sie kamen in seinem Leben, wie in den meisten, nicht vor.

Einmal sah ich ihn einer Bettlerin in der Rue de Meaux ein Fünf-Cent-Stück überreichen. Da sie ihn schon kannte, warf sie ihm trotzdem einen freundlichen Blick zu. Denn genauso gut hätte er ein paar

Scheine oder eine Handvoll Münzen aller Art in ihren Plastikbecher fallen lassen können. Ich nehme an, es war so: Kirio sah eine Bettlerin, dachte »Geld«, griff in die Tasche und gab, was gerade in der Tasche war. Manchmal auch ein Stück mit Schinken belegtes Baguette oder eine angebrochene Tüte mit Gummibärchen.

Wenn er Geld hatte, kaufte er sich Bücher, Platten, Filme, auch allerlei Werkzeug und kleinere elektrische Geräte. Da aber das meiste davon in seiner Kammer nicht mehr unterzubringen war, schenkte er die Sachen oft schon in den Stunden oder Tagen, nachdem er sie erworben hatte, wieder her. Oder er stellte sie in den Gang neben seine Zimmertür, wo die Stapel von den Nachbarn nach und nach abgetragen wurden.

Woher hatte er denn das Geld?, fragt Schneemarie. Hatte er denn eine Arbeit?

Er verdiente sein Geld mit Flötenspiel, sagt Duval. Er stellte sich dafür unter die Arkaden des Palais Royal, gegenüber dem Restaurant Le Grand Véfour, wo sich Napoleon und Simone de Beauvoir, wenn sie sich denn nicht nur örtlich, sondern auch zeitlich zueinander hin hätten bequemen wollen, beinahe begegnet wären. Werktags arbeitete er an den Nachmittagen ungefähr von fünf bis acht; am Wochenende und an Feiertagen begann er in der Mittagszeit und spielte, mit Unterbrechungen, bis der Garten geschlossen wurde. Manchmal, wenn ich gerade in der Nähe zu tun hatte, ging ich dort vorbei, stellte mich in die Zuhörerrunde oder verbarg mich hinter einer der gewaltigen Säulen und lauschte seinem Spiel. Aber auch wenn ich mich nicht versteckt hätte oder sein einziges Publikum gewesen wäre, würde Kirio mich wohl kaum bemerkt haben. Seine Augen waren geöffnet, aber er schien, einem Schlafwandler ähnlich, in einer anderen Umgebung als der allgemein sichtbaren unterwegs zu sein. Sein Spiel war nicht besonders kunstfertig. Aus seiner Flöte kam – ob es nun am Instrument lag, das ein besonderes sein mochte, oder an seiner Art, sich dessen zu bedienen – keine Musik im gebräuchlichen Sinne, sondern ein Stottern und Schluchzen, ein Lachen und ein Weinen, kamen Laute der Angst und der Freude, die ineinander übergingen und manchmal nur schwer voneinander zu unterscheiden waren. Es war, als hätte hier jemand, ohne den Umweg über die Komposition, ohne jede Form der geistigen Distanzierung und Verwandlung, unmittelbar seinen Seelenzustand in Töne gefasst. Das war nicht immer schön anzuhören. Klagelaute verschmolzen mit Jauchzern, Triller stürzten ab in ein dunkles Brummen oder Schnurren oder Wimmern, das seinerseits durchtrennt wurde von einem schrillen Pfiff. Nichts, was einem schon einmal gehörten Musikstück ähnelte oder einer bestimmten musikalischen Epoche hätte zugeordnet werden können. Auch war es kein bequemes Zuhören, aus dem man aufgeheitert und besänftigt wieder entlassen worden wäre. Und dennoch blieben die Passanten scharenweise stehen, gebannt von jenem Tongefüge, in dem sich eine Menschenseele ganz abzubilden schien.

Ich, der ich den Spieler auch außerhalb seiner Spielzeiten kannte, sah die Verwandlung, die währenddessen in ihm vorging. Alles Leben wich, sobald er die Flöte an den Mund setzte, aus seinem sonst so ausdrucksvollen, beweglichen Gesicht und schien, in Töne übersetzt, aus dem Instrument hinauszuquellen. Kaum hörte er zu spielen auf, belebte erneut eine lebhafte, seiner Umgebung zugewandte, ja, willkommenheißende Mimik seine Züge, und sofort kamen denn auch die Umstehenden auf ihn zu, der sie allesamt begrüßte wie lange nicht gesehene Verwandte.

Was mich aber, der ich diese Szenen häufig beobachtet habe, am meisten und immer wieder aufs Neue verblüffte, war die Wirkung, die Kirios Nicht-Musik auf die Menschen hatte. In den Pausen, wenn die Flöte ruhte, kam eine Art dörfliche Volksfeststimmung auf: Jeder redete mit jedem, als wären sie alle miteinander groß geworden; ein Kind auf den Schultern tragend oder den Nachbarn im Gespräch am Arm fassend, lachte man sich an. Meistens geriet auch ich, der ich doch außerhalb oder jedenfalls am Rande stand, ins Reden und ins Lächeln hinein; es war wie ein Sog, dem sich niemand entziehen konnte. Wenn das Stimmengewirr abklang, fing Kirio wieder zu spielen an. Die Menschen standen oft recht dicht um ihn herum, ohne den sonst bei Straßenmusikanten üblichen Abstand zu halten, so dass die hinteren Ränge nur die Haare, die ihm zu Berge standen und über den Zuhörerhinterköpfen hervorsprossen, zu sehen bekamen.

Sollte ich sein Gesicht beschreiben, wie es gewöhn-lich, also in jenem »Ruhezustand«, den es selten er-reichte, aussah, ich würde sagen: ein Staunen, über das Gras gewachsen war.

Und wie hielt er es mit Frauen?, will Schneemarie wissen. Hatte er eine Freundin?

Duval erinnert sich, dass Kirio ihm unbekannten Frauen gegenüber fast schon abweisend war, so groß war seine Zurückhaltung. Zwischen alten Damen und jungen Mädchen machte er keinen Unterschied, sagt er. Er hatte eine Art, sie zu ignorieren, die mich dar-an erinnerte, wie ich als Junge meinem despotischen Geschichtslehrer nie ins Gesicht sah, aus Furcht, ich könnte ihm auffallen und von ihm aufgerufen werden. Er wollte nicht genau wissen, was zwischen Männern und Frauen geschieht, ihre Spiele, ihre Peitschenhiebe, ihre Maskeraden, ihr Ineinander- oder Füreinander-Verlorensein. Aber seine Person strahlte nach allen Richtungen, und so schloss sie die Frauen mit ein. Er lächelte ihnen zu, aber nur, wenn sie es nicht sehen konnten, wenn sie schon an ihm vorübergegangen waren oder sich einem anderen zugewandt hatten. Wie ein Kind hinter dem Rücken des Lehrers die Zunge herausstreckt oder ein Dieb hinter dem Rücken des Polizisten die Faust ballt, so streute Kirio ungesehen sein Lächeln in die Welt. Auch machte er Frauen oder Mädchen gerne Komplimente, die nie an ihr Ohr ge-langten, etwa: Deine Stimme, diese leise, raue, würde ein Murmeltier aufwecken im eisigsten Winter. Oder:

Wenn du einen Apfel schälst, bist du so schön, dass ringsum leise die Fensterscheiben beben.

Hat da nicht gerade etwas Gläsernes gebebt?, wundert sich Schneemarie.

Vielleicht war das ein Kompliment, das er dir aus der Ferne macht, sagt Duval. Solche Artigkeiten wurden weiblichen Wesen aller Altersstufen, Größen und Haarfarben zuteil, aber eben erst, sobald sie nicht mehr in Hörweite waren. Die einzigen Frauen, denen er von Angesicht zu Angesicht begegnete, waren diejenigen, mit denen er jeden Tag oder doch regelmäßig zu tun hatte: die Concierge, die Bäckerin, die Frau des Zeitungshändlers, die Frau, die den Waschsalon betreibt. Die Kassiererinnen bei Monoprix. Ihnen gegenüber war er zuvorkommend, geradezu galant, trug ihnen imaginäre Schleppen ebenso gut wie wirkliche Einkaufstüten hinterher. Auch bekamen sie gelegentlich kleine Geschenke von ihm: einen Schlüsselanhänger etwa, in Form einer Gebiss-Attrappe, ein Schneckenhaus, eine am nächsten Tag wieder gelöschte Tinte, eine hölzerne Pfeffermühle der Marke Peugeot. Seine Concierge, eine Portugiesin, die seither − aber nicht deshalb − in ihr Heimatland zurückgegangen ist, wunderte sich eine Zeitlang, dass sie von Kirio immer Sachen geschenkt bekam, die sie in ganz ähnlicher Ausführung schon besaß: ein halbrundes Zwiebelmesser mit hölzernen, gedrechselten Griffen an beiden Seiten, ein bemaltes Stopfei, ein rot besticktes Küchentuch. Mit sicherem Griff traf er immer Madame da Silvas

Geschmack. Bis sie merkte, dass er ihr die Gegenstände vorher entwendet hatte. Seine Geschenke wickelte er in Zeitungspapier ein und umschnürte sie mit einem goldenen Bändchen, dessen lange, gekräuselte Enden bis auf den Boden herunterwippten. Aus diesen endlosen goldenen Bändern machte die Bäckerin der Rue de Meaux dann Ratespiele für ihre Kunden: Mit Reißzwecken befestigte sie das Band wie eine Girlande an der mehlfarbenen Decke des Ladens, wobei die langen, gekräuselten Enden wie Fliegenfänger bis auf die Theke herunterhingen. Der- oder diejenige unter ihren Kunden, der die genaue Länge des Bandes erriet, gewann einen Éclair au chocolat, eine Religieuse und zwei Paris-Brest. Die Bäckerin kam aus Kamerun. Sie stand unter der goldenen Spirale und lachte geräuschvoll, wenn das wippende Band sie an der Stirn oder Nase kitzelte.

Aus solchen unbedeutenden Taten setzt sich das Leben eines bedeutenden Mannes zusammen.

Wunderlich, ja, aber bedeutend? Bedeutend weswegen?, fragt Schneemarie. Bedeutend für wen?

Es ist nicht ausgeschlossen – hier wird Duval feierlich –, dass dereinst jedermann wissen wird, wann und wo Kirio in etwa gelebt hat und wer er war; dass jedes Schulkind eine Vorstellung von ihm haben wird, wie vom Heiligen Franziskus oder von Siddhartha, deren Ruf ebenfalls von einem kleinen Flecken Erde ausging; dass seine Kindereien manche Heldentaten aufwiegen werden, in einer neuen Zeit.

An dieser Stelle macht Duvals Bettgenossin doch einmal die Augen auf und sieht ihn etwas skeptisch an.

Ebenso gut aber, fährt dieser fort, kann er in Vergessenheit geraten wie viele ungesehen Große. Für eine Weile. Oder für immer. Das Vergessen kann gut ein gründliches, endgültiges sein. Ein einzelner Mensch! Wie sollte er, ein Unbekannter ohne Werk, ohne Anhänger, von Gedächtnis zu Gedächtnis bis in eine ferne Zukunft gelangen? Aber etwas wird sich verändert haben in der Welt durch seine kurze Gegenwart darin; und wenn auch die Menschen sich seiner nicht erinnern, so werden sie, die Nachkommenden, doch in eine unmerklich verwandelte Sphäre oder Ära hineingeboren werden. Durch wen kam diese neue Freude in die Welt? Die später Lebenden werden sie spüren, aber sie werden ihren Ursprung nicht kennen, und es wird nicht wichtig sein. Manche winzige Veränderungen, sei es am Meeresspiegel oder an der Nase der Kleopatra, haben große Folgen. Kirio hat den Freudenpegel um mehrere Grade angehoben; die Konsequenzen werden sich erst im Laufe der nächsten Jahrzehnte oder Jahrhunderte zeigen.

Hier flaut Duvals Pathos wieder ab.

Er sah aus wie ein Schachtelteufel, sagt er. Ob er nun am Bassin de la Villette auf einer Bank saß oder ob man ihm beim Gemüsehändler begegnete, immer hatte er den verblüfften Ausdruck, die aufgerissenen Augen eines, der soeben, sei es zur allgemeinen Belustigung oder weil er es alleine in seiner Schachtel nicht mehr aushielt, aus dem Dunkel oder aus dem Nichts herausgesprungen ist.

Von dieser fortwährenden oder immer neu ihn über- kommenden Verblüffung rührte vielleicht auch seine außerordentliche Zerstreutheit. Entgeistert blickte er in die Welt, und was er sah – nichts Besonderes für unsere abgestumpften Seelen –, nahm ihn derart in Anspruch und erstaunte ihn so sehr, dass er darüber völlig vergaß, zu welchem Zweck er eine Gabel in die Hand genommen oder aus dem Haus gegangen war.

Seine Zerstreutheit war phänomenal. Ich denke nicht, dass er je an der richtigen Bus- oder Metrohal- testelle ausgestiegen ist. Wenn er aufstand, um etwas zu suchen, fand er so viele andere Dinge, dass ihm un- weigerlich das Gesuchte aus dem Sinn geriet. Wie viele Hosen er am Morgen übereinanderziehen konnte, be- vor er merkte, dass er schon eine trug – keine Ahnung. Ich weiß nur, wie ich schmolz im Inneren, wenn ich ihn geduldig, ohne jeden Anflug von Wut sich selbst oder jenem unbekannten Spitzbuben gegenüber, der seinen Spaß mit ihm trieb, hierhin und dorthin trotten sah, auf der Suche nach der Socke, die er in der Hand hielt.

Vor dem Café des Buttes, mit dessen Kellner Kirio befreundet war, steht eine Plakatsäule. Sie wird über- ragt von einem Zwiebeldach, und auf dieses Zwiebel- dach, vielmehr auf den kleinen Vorsprung, der unter- halb der Zwiebel die Säule rings umgibt, hatte eines

Nachmittags ein Junge seinen Ball geschossen. Kirio, der von der Caféterrasse aus den Verlust des Balles beobachtet hatte, erbot sich, ihn, mit Hilfe einer Ausziehleiter, die das Café ihm lieh, herunterzuholen. Flugs war er oben, flugs war er mit dem Ball wieder unten. Die Leiter wurde wieder zusammengeschoben und mit einiger Mühe in den Keller zurückbefördert. Kurz darauf streifte mein Blick noch einmal die Stelle auf dem Säulendach, wo der Ball hängengeblieben war. Dort schaute nun das Ende einer Flöte hervor. Kirio!, rief ich, aber Kirio war nicht mehr da. Vermutlich war er schon wieder in seiner Mondkraterwohnung zurück und suchte dort in aller Ruhe seine beste Flöte.

Und nun bin ich es also, der nach einem Instrument sucht, und zwar nach einem, mit dem dieser fremde Mensch zu erfassen oder abzubilden wäre, ein Instrument, das für ihn Töne hätte. Und ich merke, dass ein einzelnes Instrument dazu nicht ausreicht, und möchte mir deshalb ein Orchester zusammenrufen, ein Sinfonieorchester, wenn schon, denn schon, und ich stelle Karajan oder Furtwängler oder Simon Rattle davor, doch der Mensch, der Mensch Kirio, schlüpft, bevor noch die ersten Töne erklingen, zwischen Karajans Beinen hindurch, er springt aus dem Konzertsaal hinaus auf die Straße und lacht die vietnamesische Metzgerin an, die so hübsch und zart ist wie eine Porzellanfigur in einem Elefantenladen.

Wo bist du, Kirio, du Schlafschütze, du Scharfmütze?

Duval blickt zum Fenster und dann zu Schneemarie,

die noch immer weich und weiß und warm neben ihm liegt.

Bis morgen, liebe Sonne! Sagte Kirio immer, wenn er schlafen ging.

HU? WINTER?

Mit diesen Kirio'schen Worten beendet Duval seine Erzählung und versinkt unter der Bettdecke, wo er keineswegs vorhat, den Tag zu verschlafen, sondern wo
schon die ganze Zeit über der schneeige Bauch seiner
Gefährtin auf ihn wartete.

Wir tauchen jetzt nicht etwa mit ihm unter diese
Bettdecke, jedenfalls Sie nicht, doch bleiben wir in
der Stadt, wo Kirio lange Zeit gelebt hat und wo die
Zahl derjenigen, die ihn gekannt und etwas von ihm
zu berichten haben, am größten ist. Innerhalb dieses
Völkchens gibt es einige wenig glaubwürdige Gestal-
ten, die wir, obwohl sie sich darum reißen würden,
Zeugnis über ihn abzulegen, lieber ausscheiden wollen. Wenn wir zusätzlich die Toten ausmustern, wird
der Kreis noch überschaubarer. Übrig bleiben Boileau,
der lange von seinen verstorbenen Eltern zehrte; die
Hirnforscherin Clémentine Ordinaire; Beck; und Winter, der seit seiner Jugend gegen die Schwermut an-
kämpft. Sie alle werden noch von mir oder von ihrem
Gewissen oder von sonstwem aufgerufen werden.

Fangen wir mit Winter an.

Winter!

Keine Antwort.

Winter!

Wo steckt der Mann?

Wie meistens steckt er bis zum Hals in Trübsal und ist für Anfragen von außen nicht besonders zugänglich. Womöglich wird er einen längeren Anlauf brauchen. Könnte ich ihn vielleicht ein bisschen auf Trab bringen? Nein, wer ich auch sein mag, ich sehe meine Aufgabe nicht darin, alle Zwischenfälle zu verhindern, alle Hindernisse aus dem Weg zu räumen, für einen reibungslosen Ablauf zu sorgen. Seien wir nicht zu ungeduldig. Manche Erzähler brauchen Ablenkung. Die meisten brauchen Zuhörer. Und Winter? Winter braucht ein Glas Whisky oder zwei. Und tatsächlich findet sich eine Flasche in seiner Küche und er schenkt sich ein, nimmt zwei große Schlucke und stiert dann in das Glas hinein.

Das ist dein Leben, das da im Sekundentakt kürzer wird, denkt er, du wirst keine zweite Chance mehr bekommen. Die eine Karte, die dir zustand, hast du gezogen. Ein Joker scheint es nicht zu sein, auch kein As und kein König.

Winter ist nicht in akuter Lebensgefahr, nur in der fortwährenden, in der jeder von der ersten Stunde an schwebt. Aber zwischen der akuten und der fortwährenden spürt er keinen Unterschied.

Die Radio- oder Fernsehstimme im Stockwerk über ihm ist nicht zu verstehen, aber sie ist laut zu hören und in ihrer routinierten Teilnahmslosigkeit unmöglich zu verwechseln etwa mit der Stimme eines Nachbarn. Hätte der Sprecher vor ihm gestanden, er hätte ihn ohrfeigen, ihm mit der Faust in seine sogenannte Nachrichten wiederkäuende Visage schlagen können.

Er sieht ein brennendes Blatt Papier vor seinem inneren Auge; das Blatt Papier ist sein Leben, und er muss zusehen, wie es verzehrt, wie es aufgefressen, heruntergeschlungen wird.

Dann ist es still über ihm, ohrenbetäubend still, so still, dass er die Stille, wenn sie denn vor ihm gestanden hätte, mit einem Faustschlag hätte niederstrecken können. Der Gedanke der eigenen Lächerlichkeit fährt ihm durch den Sinn. Sein kleines Leben! Aber schon nimmt ihm die Beklemmung wieder den Atem, als sei ihm nicht nur die Zeit, sondern auch die Luft streng bemessen und neige sich gerade in diesen Augenblicken ihrem Ende zu.

Es ist ihm, als müsste er etwas tun, nicht irgendetwas, sondern etwas ganz Bestimmtes, aber er weiß nicht, was, er weiß nur, dass er es herausfinden muss, bevor das brennende Blatt Papier restlos zu Asche zerfallen sein wird. Immer dieselben unsinnigen Worte zischen ihm durch den Kopf und hüllen alles, worin er den Ansatz einer Antwort, einer Lösung zu erahnen glaubt, in einen dichten, friedlosen Nebel.

Er schlägt mit dem Hinterkopf gegen die Zimmerwand, an der er mit dem Rücken steht. Wieder. Und wieder. Kopf aus Stein.

Er schenkt sich noch einmal Whisky nach. Der erste Schluck fährt ihm heiß in die Glieder, seine Schultern lockern sich, die Hände werden ruhiger. Beim zweiten Schluck lichten sich die Wortschwärme in seinem Kopf, und was dahinter zum Vorschein kommt, ist eine wohltuende, prickelnde Leere.

Er ist ein Schauspieler, der zum zigtausendsten Mal die Rolle seiner selbst spielen muss. Ein Glas hochprozentigen Alkohols in der Hand, spielt und filmt er sich zugleich, wie er da in den Sessel gegossen ist, die Hand mit dem Glas hängt über die Armlehne herunter, in der anderen fehlt eine Zigarette, aber er raucht nicht, nein, er weigert sich, für diese mickrige Rolle jetzt auch noch mit dem Rauchen anzufangen. Er bekommt Schluckauf.

Am Himmel werden zwei weiße Linien auf einer Seite kürzer und auf der anderen länger; zwei weiße Striche auf blassblauem Grund, von einer unsichtbaren Hand gezogen.

Es geht schon wieder schluckab mit dir, denkt er. Schluckauf, schluckab, schluckab, schluckab.

Er setzt sich an seinen Schreibtisch, nimmt ein weißes Blatt zur Hand und schreibt:

»Bewerbung für die Unsterblichkeit.«

Er trinkt einen Schluck.

»Keine besonderen Gaben, keine herausragenden Verdienste, nichts, was eine Waagschale deutlich in die Tiefe ziehen könnte.«

Er sieht noch einmal zum Fenster hinaus, wo die

zwei weißen Striche schon wieder verschwunden sind. Wie nie dagewesen. Die Hand um den Stift gekrümmt, blickt er ins einförmig blasse Blau hinter der Fensterscheibe.

»Der Kandidat gehört zu denjenigen, die unter Zeitdruck nichts zustande bringen. Er bräuchte dafür die Unsterblichkeit. Das Leben sei ein Geschenk, wurde ihm gesagt. Zugleich wurde ihm beigebracht, ein einmal gemachtes Geschenk dürfe man nie zurückverlangen. Das sei unfein.

Als Lebender ist der Kandidat einigermaßen vernünftig, hat jedenfalls noch keinen größeren Schaden angerichtet. Als Toter kann er für nichts garantieren.«

Er nimmt noch einen Schluck und fügt dann hinzu:

»Zum Sterben ungeeignet. Kann es nicht und wird es auch nie lernen, so wie er das Schlafen nie hat lernen können. Kann nicht schlafen!«

Er leert das Glas.

»Ist sterbensmüde.«

Und tatsächlich liegt eine flatterige, mit Schlaf nicht zu vereinbarende Müdigkeit auf seinen Lidern.

Er verharrt noch eine Weile so, den Blick über den Horizont der Tischkante hinaus auf das starre Auge eines Astlochs in den Dielen gerichtet.

Dann schreibt er:

»Bitte!«

Winter knüllt das Blatt zusammen, steht auf, nimmt seine Jacke und geht durch das stille Treppenhaus auf die Straße hinaus. Sobald er die schwere Haustür aufgestoßen hat, schwappt der Stadtlärm über ihm zusammen, alles ist in Bewegung und ist es immer schon gewesen, der steinerne Kadaver der Stadt wimmelt von nie zur Ruhe kommenden Lebewesen, und er spürt, wie er übergangslos Teil dieser gewaltigen Insekten-Choreographie wird. Er wundert sich, wie selbstverständlich er von den anderen aufgenommen wird, wie gekonnt sie es fertigbringen, ihn überhaupt nicht zu beachten und zugleich doch als Körpermasse wahrzunehmen, ihm zum Beispiel, wenn er geradewegs auf sie zuläuft, auszuweichen. Es sind die Sitten der Stadtbevölkerung, die er eigentlich kennt und sich einigermaßen angeeignet hat, die ihn aber, wenn er nach längerem Alleinsein aus dem Haus tritt, immer wieder erstaunen: Solange der andere sich nicht auffällig benimmt und niemanden anspricht, existiert er nur als Hindernis.

Durch die Kronen der Blauglockenbäume, die die Avenue auf beiden Seiten säumen, fließt warmes Licht auf ihn herab und in seine Adern, wo es sich mit dem Gold des Whiskys vermischt und ihm wohltut. Er geht am Café des Buttes vorüber, in dem Kirio häufig sein Unwesen, nein, sein Wesen trieb, aber er ist nicht zu sehen; Winter betritt den Park durch das offene Gittertor des Haupteingangs, dem Rathaus des 19. Arrondissements gegenüber. Vor fünf niedrigen, metallenen Doppelschaukeln warten Kinder lärmend, dass sie an die Reihe kommen. Vier Minuten Schaukeln kostet zwei Euro. Ist das nicht unverschämt teuer? Vier Minuten! Schon Kinder müssen so viel Geld ausgeben,

108

um ihre Lebenszeit hinzubringen, denkt Winter. Verkehrslärm dringt von allen Seiten in den Park hinein, Lastwagen und Busse schnauben in den Steigungen.

Er sieht zu den Kindern hin, die jetzt alle an demselben rotweiß gestreiften Schal zerren. Es sind Anfälle. Anfälle von Dringlichkeit, die ins Nichts laufen, die nie ein Ziel finden. Diese Zustände sind wie Hunger und Durst, sie sind ihm vertraut.

Er umrundet den künstlichen See, bis er auf die sonnenabgewandte, einsamere Seite gelangt. Auch hier ist von Kirio nichts zu sehen. Wo der Weg abzweigt zu einer künstlichen Tropfsteinhöhle, werden Winters Schritte langsamer. Meterlange Zementstalaktiten wachsen aus der Decke der Grotte, in deren Düsternis durch ein kreisrundes Loch ein Bündel Lichtstrahlen fällt. Es ist kühl hier drinnen, und der Lärm der Stadt und der Parkgänger ist gedämpft, als müsse er tatsächlich bis ins Erdreich dringen.

Winter bleibt stehen. Am anderen Ende der Grotte ist ein Mann mit chinesischem Schattenboxen beschäftigt, sonst ist kein Mensch zu sehen. Die Höhle hat die Ausmaße eines Kirchengewölbes, und bei aller Künstlichkeit geht etwas Furchteinflößendes, fast Erhabenes von ihr aus. Zugleich sieht es so aus, als wäre diese unförmige Kirche im Begriff dahinzuschmelzen, als löste sich der Stein auf und flösse in schauerlichen, zähflüssigen Protuberanzen von der Decke.

Der Schattenboxer, angetan mit einer dunklen Jogginghose, einer hellen Windjacke und gelben Turnschuhen, ist umflattert von Tauben. Winter will an ihm vorbei zum anderen Ende der Höhle gehen, wo ein Durchgang ist, aber etwas an der Erscheinung des Mannes und an seinen Bewegungen bremst ihn. Was ist das für ein eigenartiges Spiel, das er da mit den Tauben treibt? Mit leicht angewinkelten, gespreizten Beinen seine gedehnten Tai-Chi-Gesten vollführend, streut er beiläufig den Tauben Brotkrumen hin. Er tut das auf eine verstohlene, fast unsichtbare Weise, indem er die Fütterung zu einem Teil seines Schattentanzes macht. Hätten die Tauben den Mann nicht umschwirrt wie Möwen einen heimkehrenden Fischkutter, wäre Winter gar nicht auf diese versteckte Fütterung aufmerksam geworden. Aber es wird noch verwirrender: Während der Mann mit seinen brotstreuenden Händen die Tauben heimlich anlockt, sind seine Füße ebenso beiläufig, wenn auch etwas weniger diskret, damit beschäftigt, ihnen Fußtritte zu verabreichen. Doch auch die Fußtritte sind nur leichte Abweichungen des Tanzes, in den er immer wieder hineinfindet wie in eine ihm aufgezwungene Gangart, die seinem eigentlichen Temperament nicht zu entsprechen scheint.

Der Mann gibt nicht zu erkennen, dass er Winter bemerkt hat. Wenn eines seiner Beine kurz aus der Zeitlupe ausbricht, um den Taubenschwarm zu verscheuchen, ist seine zurückgehaltene Wut zu spüren. Die dicken, staubgrauen Tauben schlagen aufgeregt mit den Flügeln, ohne sich mehr als zwei, drei Armlängen von dem falschen Franziskus wegzubegeben.

Winter bleibt lange in einiger Entfernung stehen. Schon die ganze Zeit über, aber erst recht jetzt, da er seinen Schattentanz unterbrochen hat, um sich die Schnürsenkel neu zu binden, wirkt der Mann betrunken. Aber ist er wirklich betrunken oder mimt er nur den Betrunkenen? Wie er da mühsam versucht, den rechten Fuß auf eine Bank zu hieven, um sich weniger tief bücken zu müssen, scheint es Winter plötzlich offensichtlich, dass er es hier mit einem gar nicht unbegabten Komiker zu tun hat. Der Mann hebt den Fuß bis fast auf die Höhe der Parkbank, die er dann mit der Fußspitze knapp verfehlt oder von der sein Fuß, wenn er sie denn doch erreicht hat, gleich wieder abrutscht, und alles fängt wieder von vorne an. Abwechselnd versucht er es mit dem einen und mit dem anderen Fuß. Nach wie vor umflattern die Tauben den Schatten- oder mittlerweile Schnürsenkeltänzer, der, als fände er Gefallen an seiner Trunkenheit oder Trunkenheitspantomime, immer heftiger torkelt. Und obwohl er keine Brotkrumen mehr verstreut, sondern mit den Fingerspitzen seine Füße anpeilt wie ein unerreichbares Ziel, werden die Tauben immer zahlreicher um ihn her, bis er nur mehr in wechselnden Ausschnitten zu sehen ist und Winter schließlich nur noch ein großes, aufgeregtes Federwesen sieht.

Sein Unbehagen, spürt er, könnte in Panik umschlagen. Er macht kehrt und geht langsam den Weg zurück, den er gekommen ist. Die Empfindung, unbedingt etwas tun zu müssen, aber nicht zu wissen, was, ist noch stärker geworden. Er denkt an sich selbst wie an einen alten Verwandten, an einen Onkel etwa, der dabei wäre, den Verstand zu verlieren. Oder ist es die Welt um ihn her, die den Verstand verliert? Gibt es nicht immer mehr Verrückte, die durch die Stadt irren, grölend, schimpfend, unsichtbare Gegner niedermähend? Und neuerdings sogar sichtbare Menschen, die sie für Gegner halten? Das Gefühl der Beklemmung nimmt zu. Du bist zu viel allein, sagt er sich. Nein, das Alleinsein ist es nicht. Du beschäftigst dich zu viel mit dir selbst. Er nimmt sich vor, sich links liegenzulassen. Augen und Ohren offen zu halten.

Es ist ein milder Samstagnachmittag im Frühherbst, die Sonnenseite des Parks ist voller Spaziergänger und tobender Kinder. Kirio ist nicht darunter. Winter schaut auf die Rücken derer, die auf dem breiten Asphaltweg vor ihm gehen. Er versucht, sich für einen der Rücken zu entscheiden. Du musst dich an einen bestimmten Menschen halten, sagte er zu sich. Wer kann sich schon für die ganze Menschheit erwärmen? Du musst dir einen Einzelnen aussuchen.

Er sieht einen schmalen Mädchenrücken, auf dem, größer als der Schopf darüber, ein glitzernder Totenkopf prangt. Auf dem Rücken eines alten Mannes, der trotz des milden Tages schon in einen Wintermantel gehüllt ist, haften die Schuppen und Fusseln der Vorjahre. Ein junger Läufer sprintet vorbei, dessen grelles Kunststofftrikot der Schweiß auf der Höhe der Lenden dunkel eingefärbt hat. Winter blickt kurz zu Boden, wie um sich die Augen im kurzgeschorenen Gras zu waschen. Als er wieder aufschaut, ist da ein grauhaariger Afrikaner, der in blauen Plastiksandalen auf der Raseneinfriedung steht, seine Schienbeine drücken die niedrige Drahtumzäunung leicht nach innen. Auf seinem Rücken, der einen müden Gleichmut ausdrückt, steht zu lesen: Evergreen.

Winter beschließt, sich dem Mann anzuschließen. Zu denken, dass er ihm folgen, ihn gar verfolgen würde, hätte ihm nicht behagt. Nein, er würde ihn geleiten.

Evergreen ist das Gegenteil von zielstrebig. Immer wieder bleibt er stehen. Was es sein mag, das da ein übers andere Mal seine Aufmerksamkeit auf sich lenkt, ist für Winter, obwohl er seinen Blicken folgt, nicht erkennbar. Mit schlurfenden Sandalen geht Evergreen irgendwann weiter. Diese im Schneckentempo sich vollziehende Verfolgungsjagd hat etwas Beruhigendes. Als Evergreens Sandalen ihn bis zu einer im Halbschatten gelegenen Parkbank tragen, setzt Winter sich neben ihn.

Sie schauen gerade vor sich hin, während vor ihnen die Läufer in ihren schlauchförmig geschnittenen Laufkleidern aneinander vorbeikeuchen, die einen im Uhrzeigersinn, die anderen dagegen.

Wie Scheibenwischer, sagt Winter zu Evergreen hin. Der wendet den Kopf nicht, nickt aber und brummt ein bisschen, dabei wiegt er leise den Oberkörper vor und zurück.

Eine geraume Zeit vergeht, in der kein Wort gewechselt wird, und natürlich sind das die Momente, wo ich in Versuchung bin, mich in den Vordergrund zu spielen, aber nein, ich halte mich zurück und ich tue gut daran. Denn von links kommt zwischen den sich kreuzenden Joggern ein Läufer der besonderen Art näher. Evergreen wird zuerst auf ihn aufmerksam. Dieser Läufer läuft weniger, als er Luftsprünge vollführt oder sich wie ein Kreisel vorwärtsdreht, wobei seine Arme durch die Luft schlenkern oder flattern wie lange Bänder im Wind. Die Jogger machen einen großen Bogen um ihn, um von dieser Ausgelassenheit in Person nicht unversehens eine gescheuert zu bekommen.

Ein vor Anstrengung und Freude gerötetes Gesicht, ein von keinem Fahrtwind zu plättender, spärlich, aber stracks gen Himmel strebender Haarschopf, eine fröhliche Miene —

Kirio!, ruft Winter.

Kirio, oder wer es auch immer ist, hört ihn nicht, er ist im Nu an den beiden Männern vorbeigederwischt und setzt seinen Lauf jetzt auf einem schräg gewachsenen Baumstamm fort, doch die Schwerkraft sieht es anders, sie kennt nur die eine, immergleiche Abwärtsrichtung, und so kommt er nach einer Rückwärtsrolle wieder auf die Füße und ist dann endgültig verschwunden, ein Wirbelwind auf Füßen, ja, das war er, Kirio, oder doch sein Doppelgänger.

Das war Kirio!, sagt Winter zu Evergreen, der weiterhin gleichmütig vor sich hin schaut. Jedenfalls sah er ihm ähnlich. Hast du Kirio gekannt?

Evergreen schüttelt langsam den Kopf, wobei er den Oberkörper mitbewegt.

Er ist schon einige Zeit verschwunden, sagt Winter. Einmal haben sie ihn sogar eingesperrt. Er war zu fröhlich, das war ihnen suspekt. Irgendein Passant muss damals die Polizei gerufen haben. Mir ist er ehrlich gesagt auch schon mehr als einmal suspekt gewesen oder unfassbar. Einer, der immer guten Mutes ist, der nie etwas zu beanstanden hat, kann es das geben? Sag mal ehrlich. Er schimpfte nie, er beklagte sich nicht. Er war fröhlich, und mit fröhlich meine ich etwas zwischen heiter und ausgelassen. Kann es das geben? Ist das nicht Dummheit? Dachte er denn nie nach? Sah er nicht, wie falsch und hässlich und ungerecht es um ihn her zugeht? Hatte er nie Schmerzen? War er nie einsam? Gibt es das denn?, fragt er schließlich zum dritten Mal.

Vielleicht tat er nur so?, lässt Evergreen sich jetzt zum ersten Mal vernehmen.

Das wiederum will Winter nicht gelten lassen.

Also gut, sagt Evergreen, wenn du ihn kennst und er ist so, wie du sagst, dann gibt's das wohl.

Aber das kann doch nicht sein!, sagt Winter fast verzweifelt. Niemand ist so.

Gut, dann ist er eben nicht so, lenkt Evergreen ein. Ich weiß ja nicht, wie gut du ihn gekannt hast, aber ich nehme nicht an, dass du rund um die Uhr bei ihm bist. Vielleicht bekam er fürchterliche Wutanfälle, sobald du ihm den Rücken gekehrt hast? Vielleicht machte er

Banküberfälle? Brachte Großmütter und kleine Kinder um?

Winter reagiert nicht, und ich auch nicht, außer vielleicht mit einem pfffff.

Als ich ihm das erste Mal begegnet bin, sagt Winter, fiel Schnee. Eigentlich hätte es mir gutgehen sollen. Ich war gerade befördert worden, meine Frau hatte mich noch nicht verlassen und auch meine Freundin hatte noch nicht genug von mir. Aber es ging mir nicht gut dabei. Es ist mir noch nie gutgegangen bei irgendetwas. Die Frau war mir zu viel, und dann erst die Freundin. Und die Arbeit! Wenn ich erst einmal dort war, ging es, ich erledigte alles, was man von mir verlangte. Aber der Moment des Aufwachens, des Aufstehens, des Wegs! Es war, als hätte ich eine monumentale Statue, sagen wir ein Lenin-Denkmal, alleine abmontieren und bis in mein Büro transportieren müssen. Dieser unbewegliche, machtlose Lenin war ich.

Also, an jenem Morgen schneite es. Ich trat vors Haus, jedes Bein wog tausend Tonnen. Der Schnee stimmte die Menschen froh, sie schienen jede Schneeflocke als ein persönliches Geschenk des lieben Gottes oder der Meteorologen zu betrachten. Ich konnte es ihnen ansehen, der Schnee machte aus ihrem sonst so öden Tagesbeginn eine Zauberveranstaltung; nur auf meinen Schultern hatte jede Schneeflocke das Gewicht des ganzen Erdballs, und dementsprechend gebeugt war mein Gang. Da zischte an meinem linken Ohr ein Schneeball vorbei, so nah, dass er den oberen Rand

116

meiner Ohrmuschel streifte, bevor er hinter mir an die Hausmauer prallte und dort, weiterhin kreisrund, aber scheibenflach, hängen blieb. Als ich mich umdrehte, sah ich Kirio, der sich, dicke Fäustlinge an den Händen, radschlagend von mir entfernte. Aber sobald ich mich wieder in Richtung Metroschacht aufmachte, pfiffen mir die Schneebälle um die Ohren. Und nicht nur mir! Zwischen den morgendlichen Passanten war eine Schneeballschlacht entbrannt, ein lustiges Schneeballgemetzel, wie ich noch keines gesehen habe. Eine füllige kleine Dame, die eine durchsichtige Plastikhaube auf dem Kopf und einen warm ummäntelten Affenpinscher an der Leine hatte, zielte so geschickt, dass ein halbwüchsiger Bursche trotz seiner zwei übereinander getragenen Kapuzen Schnee am Nacken zu spüren bekam. Meinen Nachbarn aus dem dritten Stock, einen höheren Beamten im Verteidigungsministerium, traf es, als sei er eine jener Pappzielscheiben in Menschengestalt, mitten auf die Brust, weil das junge Mädchen, dem der Schneeball gegolten hatte, rechtzeitig ausgewichen war. Großes Geschrei und Gequietsche auf der Straße. Keiner, der unbeteiligt geblieben wäre. Und zwischen ihnen drehte sich Kirios Rad.

Der fröhliche Spuk dauerte nicht lang, nach fünf Minuten war alles vorbei. Man klopfte sich die Mäntel und die Hosenbeine ab, lächelte einander etwas betreten zu und ging zur Arbeit. Und auch ich machte mich auf ins Büro, aber zum ersten Mal in meinem Leben: beschwingt.

Gut, die beschwingte Laune hielt nicht ewig an, nicht einmal bis heute. Wenn ich ehrlich bin, verflog sie schon im Laufe des Tages wieder, der ein gewöhnlicher Bürotag voller unerträglicher Wiederholungen und Heucheleien war. Aber es hat diesen Aufschub gegeben. Die Schneeflocken, die anfangs so schwer wie der neue Tag auf mir gelastet hatten, waren so leicht geworden, wie sie sind.

Hier hält Winter inne; sein starrer Blick ist vielleicht auf das längst vergangene Schneegestöber, auf die verblüffte Miene Kirios gerichtet, oder ist er weitergewandert an einen noch ferneren Ort? Für die meisten derer, die mit Kirio Umgang hatten, ist der Gedanke an ihn ein Sprungbrett, das sie in ein Sehnsuchtsland hineinkatapultiert: Wer an Kirio denkt, springt mitten in eine Freude hinein, für die es nie einen besonderen Anlass braucht und die aus der Erinnerung in die Gegenwart hineinstrahlt.

Evergreen dreht jetzt doch noch den Kopf zu ihm hin und fängt selbst zu reden an. In M'bour, seiner senegalesischen Heimatstadt, habe er einen gekannt, an den ihn dieser Kirio erinnere. Traoré habe er geheißen. Einen Beruf habe er keinen gehabt, außer vielleicht: Freudenverbreiter. Wo er auftauchte, sei augenblicklich Fröhlichkeit aufgekommen. Eines Tages aber sei er erschlagen und mit ausgestochenen Augen vor einem Lagerschuppen am Hafen gefunden worden. Den oder die Mörder habe man nie gefunden. In Europa, fügt Evergreen hinzu, habe er nie mehr einen Freudenverbreiter gefunden. Wer hier nicht seine Freude selbst hervorbringe, sei aufgeschmissen.

Mit ausgestochenen Augen?

Manche seiner Landsleute seien überzeugt, dass die Toten ihre Mörder aus ihren toten Augen weiter ansehen und verdammen.

Ob es nicht genügen würde, ihnen die Augen zu schließen, fragt Winter.

Die Toten könnten ihre Mörder auch durch ihre geschlossenen Lider hindurch sehen.

Warum sollte man einen wie ihn töten wollen, fragt Winter.

Es gebe Leute, denen diese ewigen Freudenverbreiter auf die Nerven gehen.

Winter sieht Evergreen an, bis der die Schulter zuckt.

Er versteht nicht, warum er sich diesem unbekannten Menschen angeschlossen hat, warum er überhaupt auf die Straße gegangen ist. Was er in diesem Park, in dieser Stadt, auf dieser Erde überhaupt soll. Am liebsten untertauchen, von niemandem, am wenigsten von sich selbst länger behelligt werden. Schlafen. Wegsein. Verschwinden in heimliche Wattewelt. Stimmen hören, unverständlich, hinter gepolsterten Türen. Wieder Kind sein, im Bett liegen, Kopf und Glieder weich, Hände neugeboren. Augen weit-weit zu.

Als Winter wieder etwas wahrnimmt um sich her, sitzt nicht mehr Evergreen, sondern Kirio neben ihm auf der

Bank. Er hat nur einen Schuh an, den anderen hat er wohl bei seinem Jogging-Tanz verloren. Das Hemd trägt er falsch herum, die Knöpfe am Rücken, der Kragen sticht ihm ins Kinn. Darüber der Pullover, richtig herum. Die Haare stehen ihm wie immer zu Berge, doch zeigen die Haarspitzen diesmal nach vorne, als wäre der Läufer rückwärts gesprintet und der Wind hätte ihm seinen spärlichen Haarschopf über die Stirn gebürstet.

Kirio lächelt Winter an; über seinem Lächeln ein wirres Vordach dünner Haarstacheln.

Es gibt Gesichter – nein, es gibt ein Gesicht, das so beschaffen ist, dass es augenblicklich einnimmt für den, dem es gehört, und nicht nur für diesen. Für alle also? Ja, für alle. Ein Gesicht, das den Hineinblickenden für den Augenblick und darüber hinaus mit dem besten Teil seiner selbst bekanntmacht, wenn schon nicht mit dem schlechtesten versöhnt.

Dieses Gesicht gehört Kirio.

Aber gehört es nicht auch allen anderen, wenn er es durch die Straßen trägt? Ist es nicht, als würde ein Kunstwerk, ein vor Jahrhunderten geschnitztes Antlitz, statt im Museum zu hängen, durch die Stadt getragen, und jeder könnte es betrachten? Und in sich davontragen, ohne dem Gesicht dabei etwas zu nehmen?

So scheint es Winter, der aus dunkelster Trübsal erwacht. Und vor sich den Engel der Verkündigung sieht, von dem eine gute, eine überwältigende, eine alles von Grund auf verändernde Botschaft zu erwarten ist.

Aber Kirio sagt nichts, er sitzt nur da und streckt die Beine aus, den unbeschuhten Fuß über dem anderen. Vielleicht, weil er die Botschaft ist und außer sich selbst nichts zu überbringen hat. Obwohl es selten genug vorkommt, dass er still ist. Und noch seltener, dass er still sitzt.

Mit der Spitze des beschuhten Fußes zeichnet er etwas auf den Weg, an dem sie sitzen. Einen Galgenstrick? Einen Fluss? Eine Ratte? Eine Maus?

Hast du heute schon Maus gemacht?, fragt er schließlich.

Maus gemacht?

Du sollst jeden Tag Maus machen, lautet ein wichtiges Gebot.

Aber wie macht man Maus?

Du malst oder zeichnest eine Maus irgendwohin, auf ein Blatt Papier, in den Schnee, in den Sand, egal, wie groß, egal auch, ob außer dir jemand die Zeichnung erkennen kann.

Und dann?

Dann gibst du alles, was an dir Maus ist, in diese leere Maus hinein.

Alles, was an mir Maus ist?

Ja. Alles Ängstliche, Verhuschte, Grau-in-Graue. Deinen Drang, dich in einen dunklen Winkel zu verkriechen, von niemandem gesehen oder belangt zu werden. Wer nicht jeden Tag die Maus aus sich herauslockt, in dem wird sie immer weiternagen, bis er selbst so hohl ist wie diese da.

Er zeigt auf die mausähnliche Schleife auf dem Erdboden.

Irgendwann ist er sich selbst die eigene Mausehöhle. Und dann: Adieu, offener Blick, aufrechter Gang, ausgestreckte Hand.

Er krümmt den Oberkörper nach vorn, zieht die Schultern ein und versteckt das halbe Gesicht hinter seinen schaufelartig gewölbten Händen, über denen er Winter aus zwei ängstlich verengten Äuglein ansieht.

Aus Winter wird Sommer (anders gesagt: Winter muss lachen).

Ich kann mir nicht vorstellen, dass du jeden Tag hast Maus machen müssen, um nicht selbst eine zu werden, sagt er. Trotzdem kann man nicht behaupten, dass du dich an die Hauswände drückst und um die Ecken schleichst, sobald du vor die Tür gehst. Ich habe dich vorhin hier vorbeispringen sehen!

Eine Maus muss natürlich nur zeichnen, wer schon eine in sich hat. Bei anderen ist es ein Wolf oder eine Tarantel oder ein Schwein.

Und du?, fragt Winter. Was zeichnest du?

Ich zeichne meistens ein Wiesel oder einen Hasen. Manchmal auch einen Esel. Einmal habe ich einen Löwen gezeichnet! Und habe einiges in mir gefunden, was Löwe war, ob du's glaubst oder nicht. Es war ein Tag, an dem ich mich unangreifbar fühlte.

Wenn ich an mir etwas gefunden hätte, was Löwe ist, hätte ich es behalten, sagt Winter.

Er wendet den Kopf und stellt fest, dass der Platz

auf der Bank neben ihm leer ist. Kein Kirio. Kein Ever-green.

Er schaut auf die Uhr, denn er hält sich – gut, heute hat er eine kleine Ausnahme gemacht – an bestimmte, streng festgelegte Zeiten. Vor sechs Uhr abends kein Alkohol. Er macht sich auf, am Tresen des Café des Buttes das erste Glas Sauvignon des Tages zu trinken. Es geht ihm gut.

WIE KIRIO EIN WUNDER VOLLBRACHTE,
OHNE ES ZU MERKEN

Statt ihm gleich in sein Stammlokal hinterherzutraben, als sei ich kein geheimnisvolles, unsichtbares Wesen, sondern einer von Winters rotnasigen Trinkkumpanen, will ich erst noch einen Umweg über die Vergangenheit und innerhalb dieser über die Rue Cavendish nehmen. Denn, auch wenn noch immer kein Schild an der Fassade davon zeugt: In diesem stattlichen Haus der Rue Cavendish lebte von dannunddann bis dannunddann Kirio in einer Dachkammer. Vor Kirio hatte ein junger Mann darin gewohnt, der gegen Ende des vergangenen Jahrtausends den kürzesten Weg vom 6. Stock bis ins Erdgeschoss genommen hatte. Er war überzeugt gewesen, dass mit dem Jahrtausend auch die Welt zu Ende gehen würde. Die Concierge, die wie die meisten Concierges aus Portugal stammte, war der Meinung, dass er es wenigstens erst einmal hätte abwarten können. Durch eine Luke im Vordach unten war er ihr geradewegs ins Wohnzimmer gesprungen. Wahrscheinlich zur Abschreckung, damit er ja nicht auf die Idee käme, es seinem Vorgänger nachzutun, hatte sie Kirio mit mürrischer Stimme erzählt, wie sie, nachdem der Leichnam abgeholt worden war, die Stube habe putzen müssen: Dabei hilft einem keiner, hatte sie gesagt. Das muss man selber machen. Stattdessen habe man ihr und ihren zwei Kindern eine andere Art von Hilfe angeboten, zum Psychiater habe man sie geschickt, aber das habe sie nicht lange mit sich machen lassen, unter den Verrückten werde man ganz schnell selber verrückt, da habe sie lieber ihre Kinder geschnappt und sei wieder nach Hause gegangen. Angesichts von Kirios ständigen Kopfständen und seiner chronischen körperlichen Instabilität fürchtete sie, er könne womöglich aus Versehen das Gleichgewicht verlieren und aus dem Fenster fallen.

Er fiel nicht. Wenn schon – aber nur, wenn er spät heimkam und ihn niemand sah außer mir –, dann stieg er auf, und zwar vom Hof aus. Zack war er oben und durchs offene Fenster und im Bett. Sein Schnarchen musste man gehört haben, es klang süßer als so mancher Gesang. Und seine Albträume erst! Seine Albträume waren wie bitterernste Kinderspiele; auch im Schlaf kam kein Teufel an ihn heran. Manchmal sprach er im Traum oder rief leise etwas mit fiepsiger Stimme. Ich glaube kaum, dass ich es war, an den er sich dann wandte. Nur einmal, und zwar an einem frühen Sonntagmorgen, habe ich ihn etwas ausstoßen hören, was einem Schrei gleichkam, sich aber eher nach einem geräuschvollen Ächzen anhörte, als würde er eine enorme Kraftanstrengung zu vollbringen haben.

Das ganze Haus lag noch mit Kirio im Schlaf. Auf seinen kurzen Aufschrei, vielmehr auf sein lautes Ächzen, folgte ein dumpfes Krachen im Hof, was den einen oder anderen Hausbewohner weckte. Es hörte sich an, als ob ein spät Heimkehrender nach einer durchtrunkenen Nacht gegen eine Mülltonne gestolpert und sie zu Fall gebracht hätte. Dann war es stiller als zuvor. Gerade noch hatte die Stadt leise rumorend vor sich hin gedöst. Jetzt muckste sie sich nicht mehr. Kirio schlief unruhig in seiner Kammer.

Ein Stockwerk unter ihm war Boileau, sein Vermieter, von dem Geräusch aufgewacht und ans Fenster getreten. Vermieter war er allerdings nur auf dem Papier. Boileau war der Besitzer des Dachzimmers, das Kirio bewohnte, aber er verlangte schon seit geraumer Zeit keine Miete mehr für seine acht Quadratmeter. As a matter of fact und wie ein Blick auf die Papiere, die auf seinem Schreibtisch herumliegen, mir zeigte, ist Boileau ein Mann mit literarischem Ehrgeiz, der sich Kirio als Modell für die Hauptfigur seines ersten Romans ausgesucht hat.

Boileau sah also auf den Hof hinunter, wo wie immer ein paar Autos standen, dann schräg hinüber zum Nachbarhaus, worauf er seinen Blick über die niedrigen Blechdächer der Werkstätten unten streifen ließ. Er hob die Augen zum Himmel, auf dessen undurchsichtigem Grau, wie Flöße auf einem träge dahinziehenden Fluss, einige dunklere, klarer gezeichnete Wolken schwammen.

Es war alles wie immer und doch spürte er, dass hier etwas falsch und anders war als sonst, wie auf jenen doppelten Rätselbildern, die absolut identisch wirken und auf denen erst nach längerem Hinsehen kleine Abweichungen zutage treten.

Da!

Mitten im Hof schaute zwischen zwei im Hof abgestellten Autos ein Paar dünne nackte Beine hervor. Boileau konnte nur die Füße sehen und die Waden, die flach auf dem Asphalt auflagen, zimtbraun und reglos. Der Rest des Körpers war von einem Wagen verdeckt. Während er auf die rätselhaften Bein-Enden blickte und noch zögerte, ob er sich schnell anziehen und hinunterlaufen oder besser irgendwen anrufen sollte, Sanitäter oder Polizei, gerieten die Beine ruckartig in Bewegung und die Person, zu der sie gehörten, trat in Erscheinung und war auch schon auf und davon.

In den wenigen Minuten, die jetzt vergingen, bevor die Gestalt wieder auftauchte, war Boileau beschäftigt mit dem schrittweisen Begreifen dessen, was geschehen war, geschehen sein musste, mit dem Bild des fliehenden Mannes, denn ein solcher war es gewesen, wie seine Augen es hatten festhalten wollen: eine hohe, feingliedrige, bis auf eine boxershortartige Unterhose nackte, ausgesprochen schöne männliche Gestalt, die vielleicht aus dem äußersten Norden Afrikas, er stellte sich vor, aus Äthiopien, stammen mochte, ein Langstreckenläufer, ein zarter Athlet, ein hochgewachsener, schmalgelenkiger Wüstenbewohner. Der zwischen zwei dreckigen Autos zu liegen gekommen war.

Während Kirio weiterschlief und mit den Armen ruckte, verstand Boileau, dass der Mann aus dem Fenster gesprungen war. Weit musste er gesprungen sein, so weit, als hätte er Anlauf genommen, oder seine geschmeidigen Glieder hatten ihm als Sprungfedern gedient und ihn in die Mitte des Hinterhofes katapultiert. Er sah das eingedrückte weiche Drahtgitter, das seinen Fall abgefedert haben musste. Und er sah das offene Fenster im dritten Stock schräg gegenüber, in dem der Mann jetzt wieder zum Vorschein kam.

Alles war still. Von der Sekunde an, da er den Zusammenhang zwischen den hingestreckten Beinen und dem offenen Fenster begriffen hatte, krampfte sich für Boileau die Zeit zusammen zu einem einzigen langen Augenblick, der fortdauerte, bis alles vorüber war. Er war von jener Lähmung erfasst, die trifft, vor dessen unvorbereiteten Augen Schreckliches geschieht; ein Zustand, in dem Zeit nicht mehr spürbar und »Es ging alles blitzschnell« gleichbedeutend mit »Es dauerte eine Ewigkeit« wird.

Der eben noch auf dem Hinterhof ausgestreckt gewesen war, tauchte nun also in jenem offenen Fenster wieder auf und stieg, ohne zu zögern, über die Brüstung, in der offensichtlichen Absicht, sich in den Hof hinabzustürzen – sich ein zweites Mal dort hinunterzustürzen, denn er war schon einmal gesprungen, das war jetzt klar; das Krachen, das die Nachbarn vernommen hatten, war der Aufprall seines nackten Körpers auf dem Zaun, auf einem Autodach, schließlich auf dem Boden gewesen. Wie durch ein Wunder, nein, durch ein Wunder war er unversehrt geblieben. Benommen, ohnmächtig vielleicht, hatte er eine Weile zwischen den Wagen gelegen. Und als er wieder zu sich kam, hatte er nur eines im Sinn gehabt: es beim zweiten Mal besser anzufangen. Nicht noch einmal heil davonzukommen. Auch ohne zu wissen, dass der Mann schon einmal aus dem dritten Stock gesprungen war, sah man ihm, wie er da auf der falschen Seite der Brüstung vor der Leere stand und nur noch einmal kurz Luft zu holen schien, seine Entschlossenheit, seine Besessenheit, an. Er stand am äußersten Rand des Fenstervorsprungs, in der rechten Hand jetzt ein dolchartiges Messer, das er anhob und sich, nicht ruckartig, sondern wie unter größter Anstrengung oder Überwindung, langsam zwischen die Rippen stieß, bis Blut hervordrang.

»Tun Sie das nicht« oder etwas Ähnliches schrie eine weibliche Stimme, nicht laut, eher für sich, aber auch ein Brüllen wäre nicht bis zu dem Messermann durchgedrungen, der nichts um sich her wahrnahm und in einer selbstzerstörerischen Trance eingeschlossen blieb. Er setzte das Messer wieder ab, stand leicht schwankend auf seinen langen, sehnigen Beinen vor dem Abgrund, dann knickten seine Knie ein und er sank auf die Brüstung, minutenlang verharrte er sitzend, während Boileau in der telefonischen Warteschlaufe der Feuerwehr festhing.

In dieser kurzen Atempause merkte Boileau, dass auch an manchen anderen Fenstern Menschen aufgetaucht waren, zerzauste, schlaftrunkene Nachbarn, die sich schnell etwas übergeworfen hatten und wie er selbst mit Entsetzen und eingestandener oder uneingestandener Faszination dem öffentlichen Selbstmord beiwohnten.

Nur Kirio schlief weiter in seiner Kammer.

Der Wüstenläufer richtete sich wieder auf und stand erneut vor dem offenen, hohen Fenster, in dem er aufrecht Platz hatte, und das ihn einrahmte, ohne ihm Halt zu geben. Und wie er nun mit leicht gekrümmtem Oberkörper das Messer von neuem an die Wunde setzte und es sich mit beiden Händen wieder ins Fleisch zu drücken begann, und zwar ungefähr an jener Stelle des Brustkorbs, an der ein römischer Soldat seine Lanze in den Leib Christi stieß, um zu prüfen, ob er noch am Leben sei, wie er nun also wieder aufzustöhnen begann und das Blut auf das Fensterbord spritzte, bis auf den Hof hinuntertropfte, lösten sich einige der Fenstersteher, unter ihnen Boileau, innerlich ab von dem Geschehen und wurden zu mehr oder weniger unbeteiligten Zuschauern einer Theateraufführung. Denn es war über alle Maßen theatralisch, wie sich hier einer nackt der ringsum über die Häuserfassaden verstreuten Zuschauerschaft darbot, von der er zugleich keinerlei Kenntnis nahm, wie er sich schön und irre auf der großen Hinterhofbühne und vor den besetzten Logenplätzen das Leben nahm, als hätte er seine Fensterbank mit den Brettern der Comédie-Française verwechselt.

Sekunden bevor er ein zweites Mal sprang oder fiel, ertönte aus dem sechsten Stock wieder ein Schrei oder ein lautes Stöhnen, wie unter einer gewaltigen Kraftanstrengung ausgestoßen.

Der Nackte sprang, oder er fiel, ein zweites Mal. Alles Theatralische war von ihm gewichen. Seltsam gekrümmt und wie zerbrochen lag er am Boden. Aber er würde auch diesen zweiten Selbstmordversuch überleben. Und zu einem dritten reichten seine Kräfte nicht aus. Er war zweimal drei, also insgesamt sechs Stockwerke hinuntergesprungen: Der Tod hatte ihn jedes Mal abgewiesen.

Während die Sanitäter endlich eintrafen, den Fensterspringer verarzteten und mit äußerster Behutsamkeit eine Bahre unter seinen geschundenen Leib schoben, war Kirio erwacht. Mit offenen Augen lag er im Bett und merkte nicht, wie sich unter ihm einer der Feuerwehrmänner von der fünften Etage abseilte, wobei er sich mit den Fußspitzen sachte von der Hauswand abstieß, um durch das weit geöffnete Fenster in die Wohnung des doppelten Selbstmörders zu gelangen.

In denselben Augenblicken dachte Boileau darüber nach, wie er am effektvollsten diesen versuchten Doppelselbstmord in sein Romanmanuskript einarbeiten könnte, und rutschte dabei unversehens in Richtung Krimi ab. Denn: Warum seilte der Feuerwehrmann sich ab? Der Selbstmörder musste die Wohnungstür geschlossen haben, bevor er zum zweiten Mal aus dem Fenster sprang. Vor dem ersten Sprung hätte er sie aber aufgelassen? Wie wäre er sonst wieder in die Wohnung gekommen? Hatte er schon vorhergesehen, dass ein einziger Sprung nicht ausreichen würde; dass er noch einmal würde springen müssen? Boileau entschied sich für eine andere Hypothese: Der Selbstmörder war zuerst ein Mörder gewesen. Mit dem Messer hatte er in seiner Wohnung jemanden umbringen wollen, hatte sein Opfer aber nur verletzt. Aus Verzweiflung darüber, was er getan hatte, war er dann aus dem Fenster gesprungen. Als er nach dem ersten Sturz unversehrt geblieben war und wieder in seine Wohnung zurückkehren wollte, hatte ihm das verletzte Opfer – vielleicht, weil es Hilfe erwartete – die Tür geöffnet. Daraufhin hatte er zum zweiten Mal einen Mord- und zum zweiten Mal einen Selbstmordversuch unternommen. Und beides war ihm zum zweiten Mal misslungen.

Geradezu beschwingt ging Boileau in die Küche, um sich einen Kaffee zu kochen. Eine unglaubliche Geschichte, auf die er da gestoßen war! Kirio würde er vielleicht doch nur als Nebenfigur gebrauchen können.

Ich will der Literatur nicht im Wege stehen und überlasse deshalb Boileau seinen Phantasien, aber Ihnen will ich es doch sagen, und es wäre an dieser Stelle wichtig, wenn Sie mir einfach mal unbesehen glauben könnten: Ohne Kirio, der sich bei jedem Sprung des Selbstmörders mit allen Kräften gegen die Schwerkraft stemmte, wäre dieser niemals so sachte aufgekommen, und das auch noch zweimal nacheinander. Schon die ersten drei Stockwerke hätte er kaum überlebt und erst recht nicht die zweiten, von den Messerstichen ganz zu schweigen. Stattdessen hat er, ein paar Wochen später aus dem Krankenhaus entlassen, seine Arbeit als Kindergärtner in der Rue de Crimée wieder aufnehmen können.

JUHU!

Es gibt mich doch. Nach langem Hin-und-Her-Über-
legen bin ich endlich zu diesem Schluss gekommen.
Lange konnte ich mich zu keiner Gewissheit durchrin-
gen, bis mir soeben blitzartig klarwurde, dass es nur so
und nicht anders sein kann, als dass es mich gibt. Zwar
kann mich keiner sehen, noch nicht einmal ich selbst,
wenn mit »sehen« eine gewisse Lichtempfänglichkeit
anhand von Fotorezeptoren gemeint sein soll, aber es
kann mich jeder denken, sei es unter einer bestimmten
Identität und Bezeichnung oder nicht. Denn ich wohne
in jedem – und vielleicht noch ganz woanders –, wie
in jedem alles wohnt, was er nicht ist.

Manchmal beneiden Sie mich.

Sie können nicht fliegen? Mühelos segele ich durch
die Lüfte, höher als ein Vogel, höher als jeder Airbus
oder jede Boeing schwinge ich mich.

Sie können nicht ins Innere der Erdkugel gelangen?
Ich brauche dazu keine Tunnel und keine Bohrungen.

Sie würden gerne einmal einen Ausflug ohne Be-
gleitung der eigenen Person unternehmen und Ihren
Geist für eine Weile in der Garderobe lassen? Wohin

soll denn die Reise gehen? Wohin auch immer: Sie würden mich dort antreffen.

Sie möchten nicht sterben. Wieso denn auch sterben? Sterbe ich vielleicht?

Sie finden, ich sei ein Ärgernis, jemand, der – oder etwas, das – seinen Spott mit Ihnen treibt? Das so gut verborgen ist, dass es bei keinem Versteckspiel je zu finden ist? Ich sehe was, was du nicht siehst und was du auch nie sehen wirst.

Sie haben genug von mir? Wollen mich loswerden? Wie soll das gehen? Sobald Sie sich einmal ernsthaft überlegen, nicht, wer ich bin, sondern, wer Sie sind, werden Sie merken, wie sehr Sie mich benötigen: Ich bin etwas, was Sie nicht sind. Woher weiß einer, dass er eine lange Nase hat? Weil er viele Leute mit kürzeren Nasen kennt. Woher weiß er, dass er kein Fisch ist? Weil er im Wasser nicht atmen kann. Und so fort.

Wenn Sie von mir nicht wüssten, wüssten Sie rein gar nichts über sich selbst, noch nicht einmal, wie wenig Sie wissen, noch nicht einmal, dass Sie sterben müssen. Die Zeit wäre Ihnen kein Begriff, obwohl Sie natürlich trotzdem sterben müssten. Sie brauchen mich, wie Sie sich selbst zum Leben brauchen; ohne mich wären Sie aufgeschmissen. Mehr als das: Sie wären nicht da. Jedenfalls nicht in Ihrer altbekannten Form. Sie wären kaum zu unterscheiden von Ihren Verwandten, den Trockennasenaffen; im Übrigen wäre niemand da, der diese Unterscheidungen vornehmen und den sie interessieren könnten.

So.

Jetzt allerdings kommt Ihre kleine Revanche: Es ist nicht ganz ausgeschlossen, nein, im Grunde ist es sogar recht wahrscheinlich, dass dieses Abhängigkeitsverhältnis ein beiderseitiges ist und dass ich Sie folglich ebenso brauche wie Sie mich. Ich habe ohnehin schon Mühe, mich einzuordnen. Ohne Sie als Anhaltspunkt wäre ich endgültig verloren. Was könnte ich dann noch sein? Ein Trockennasenaffe doch wohl eher nicht. Vermutlich wäre ich nicht mehr als ein namenloses Ordnungsprinzip, eine Kraft, wie die Schwerkraft eine ist. Ein ungelesenes Gesetzbuch, eine Leicht- oder Leuchtkraft wäre ich, wenn Sie auch ohne mich auskommen könnten. Aber Sie können es nicht, und das ist mein Glück. Indem Sie mich brauchen und als Ihren ständigen Begleiter in sich herumtragen, liefern Sie mir den Beweis, dass es mich gibt.

Übrigens weiß ich sehr wohl, was Sie jetzt denken – und das wird Sie womöglich in Ihrer Vermutung noch bestätigen – und für wen Sie mich halten. Sie irren! Glaube ich wenigstens. Denn weder habe ich einen Bart noch throne ich auf Wolken. Vor allem aber kann ich mich nicht erinnern, den Himmel und die Erde und jedes einzelne Geschöpf und Gewächs erfunden zu haben. Am wenigsten wäre mir etwas derart Abstruses wie ein Mensch in den Sinn gekommen, ein Wesen, das sich durch Selbstgefälligkeit (er nennt es Klugheit) von allen übrigen Lebewesen unterscheidet, und das so stolz auf sich ist, als wäre es auf dem eigenen Mist gewachsen. Aber auch an die Gabelschwanz-seekuh, den Sternnasenmaulwurf und die Klappmütze, die eine Robbenart sein soll, habe ich nicht die leiseste Erinnerung. Wie sollte ich auf diese bizarren Kreaturen gekommen sein? Kirio allerdings … Ja, wenn ich der wäre, für den Sie mich vermutlich halten, hätte ich gerne Kirio erfunden. Kirio rettet die Gattung Mensch. Wie konnten wir ihn bloß schon wieder so lange aus den Augen verlieren?

Kehren wir schnell zu ihm zurück, in die Zeit, als er noch unbemerkt Wunder vollbrachte und eine allgemein bemerkte Verwirrung stiftete. Begeben wir uns in die Vergangenheit und ins Café des Buttes, das heute längst einen anderen Namen hat.

Am Tresen stehen Winter und Beck. Und ich, und zwar stehe ich neben Beck, der mich nicht sieht und von meiner Existenz nichts weiß. Hätte man ihn gefragt, ob er jemanden oder etwas wie mich für möglich hielte, er würde vermutlich nur verächtlich geschnaubt haben, und wer hätte es ihm verübeln wollen. Zweifle ich nicht selbst oft genug an der eigenen Existenz? Wir Unscheinbaren oder Unsichtbaren kommen schnell auf düstere Ideen. Dann wieder sage ich mir: Ich sehe Beck, ich sehe Winter, ich sehe die halbleeren Gläser, die vor ihnen auf der Zinkplatte stehen. Ich sehe sogar die Bucht von San Sebastián und die Kasbah von Casablanca: Wie sollte es mich da nicht geben? Was ich sehe, nimmt Form an, was ich höre, ertönt. Für die meisten bin ich Luft, doch ergeht es dem Wind ganz ähnlich: Nicht ihn, sondern nur, was er bewegt, nimmt das Menschenauge wahr.

Ich sehe also Winter, und ich sehe Beck.

Ich weiß, sie werden sich streiten.

Vorerst aber stehen sie einigermaßen ruhig Seite an Seite, haben einander sogar, von Stammgast zu Stammgast, andeutungsweise zugeprostet. Ich versuche, mich abzulenken, in den schweren Regen vor dem Fenster einzutauchen. Manchmal hilft es ja! Aber nein, es wird sein wie immer: Mein Wille geschieht nicht.

Beck spricht mit lauter, aus engem Hals gepresster Stimme zu dem Wirt hin, der nur hin und wieder den Kopf von seinem Abwasch und der Zapfsäule hebt und ein Wort der Zustimmung oder des Zweifels dazwischenwirft, denn als Wirt schuldet er Entgegnung. Beck spricht im Ton und mit dem Ausdruck der Entrüstung, der derzeit und im Grunde jederzeit der vorherrschende ist. Er wettert, worüber damals gut zu wettern war: über Kopfhörer- und Kalaschnikow-Träger, über die Araber, womit er alle nichtasiatischen Fremden meint, denn gegen Asiaten hat er nichts, sie sind ihm egal. Er wettert über die Reichen, die immer reicher und skrupelloser, und über die Armen, die immer ärmer und stumpfsinniger werden. Über die hassenswerten Witzfiguren, die die Politiker abgeben. Er zählt sie auf mit Namen und mit den zu den Namen gehörigen Bestechungs- und Einflussnahme-Affären. Verweilt besonders lange bei der reichsten Frau des Landes und der Welt, einer senilen, »milliardenschweren« Greisin, um die sich die Politiker reizend gekümmert hätten. Er wettert und wettert. Und obwohl sie seine Entrüstung teilen, ist offensichtlich, dass die Umstehenden ihn nicht leiden können.

Beck ist ein muskulöser, leicht verwachsener Mann, dessen Gesichtszüge regelmäßig oder gar schön genannt werden könnten, wenn sie nicht von einer maßlosen Wut über die eigene Unvollkommenheit und dem unbestimmten Hass auf deren Verursacher verunstaltet wären. Hätte man alle Gewichte zusammengerechnet, die Beck in seinem nicht sehr langen Leben schon gestemmt hatte, man wäre auf mehrere Dutzend Tonnen gekommen. Mit wütender Beharrlichkeit hat er im Laufe der Jahre seinem sehnigen, missgestalteten Körper eine groteske Ansehnlichkeit abgerungen.

Ohne in seiner Rede innezuhalten, verlangt er, sein leeres Glas leicht in Richtung Wirt anhebend, ein volles. Neben ihm blättert Winter die im Lokal ausliegende Zeitung durch, ohne darin zu lesen. Seine Schwermut verschließt ihm gewöhnlich den Mund; nur, wenn er getrunken hat, wie jetzt, kommen ihm die Worte leichter über die Lippen.

Sie sollten Kirio zum Präsidenten machen oder wenigstens zum Oberbürgermeister, sagt er. Dann hätten wir endlich mal eine Affäre, um die es sich lohnte, solchen Aufruhr zu machen: Sämtliche Bettler der Stadt bestochen! Versuch der Einflussnahme auf die Spatzen!

Die Tresensteher lachen. Bis auf Beck. Die meisten

Gegenstände seiner Entrüstung und seiner Feindseligkeit sind mehr oder weniger diffus und weit weg. Abgesehen von Kirio, der zwar nicht diffus, aber seiner Unstetigkeit und Zappeligkeit wegen schwer zu fassen ist.

Komm mir nicht mit diesem lächerlichen Kindskopf, diesem Nichtstuer, diesem Clochard!, schreit Beck.

Und schon ist es zu spät, um einen Streit noch abzuwenden.

Komm mir nicht mit diesem Clown!, brüllt Beck weiter. Ich nehm ihm noch mal die Flöte ab und hau ihm den Kopf damit ein. Soll mir nur noch mal zu nahe kommen mit seinen bescheuerten Weisheiten und seinen dämlichen Sprüchen.

Derweil steht Kirio ein paar hundert Meter weiter am Canal de l'Ourcq im prasselnden Regen und sieht auf die unter den schweren Tropfen brodelnde Wasseroberfläche. Etwas schwimmt da in einiger Ferne, eine dunkle, aufgeblähte Hülle, vielleicht eine Jacke oder eine Tasche?

Am Tresen ruft Winter: Kirio for president!, und hebt das Glas.

Kirio steht am Rand des Canal de l'Ourcq und starrt auf die schwimmende Jacke oder den Regenmantel, an dem sich jetzt ein Ärmel oder Arm bewegt. Sein sonst so aufmüpfiger Haarschopf fließt ihm in dünnen Rinnsalen in die Stirn. Er überlegt nicht lange. Hier braucht jemand Hilfe. Er springt.

Alle heben ihre Gläser und trinken auf Kirios Gesundheit, auf seine Narrheit, auf seine Fröhlichkeit, dass sie ihm zu seiner und ihrer aller Freude noch lange erhalten bleibe. Nur Beck spitzt die Lippen und stößt geräuschvoll Luft aus, als spuckte er auf den Boden.

Das Wasser ist, wie vorauszusehen, kalt. Und, wie ebenfalls voraussehbar, ist es dreckig, eine graubraune, nur an der Oberfläche vom Regen belebte, undurchsichtige Brühe. Kirio schwimmt darin mit rudernden Gliedmaßen und vorgerecktem Kopf wie ein junger Hund. Er umschifft Plastikflaschen, eine Orangina-Dose, verfaultes Treibholz.

Wird ihn jetzt der Blitz treffen?, fragt ein kleines Mädchen seine Mutter, an deren Hand es unter einem großen Regenschirm am Ufer entlanghastet. Es donnert.

Kirio ist an dem dunkel aufgeblähten Etwas angelangt, er greift danach, es ist ein Anorak, in dem niemand ertrank. Doch zieht Kirio ihn trotzdem mit sich an Land.

Winter bestellt noch ein Glas. Er hat die Zeitung zusammengefaltet an Beck weitergereicht und den Blick auf das zerkratzte Zink des Tresens gesenkt. Mit der Fingerspitze fährt er über die winzigen Löcher und Unebenheiten, die im Laufe der Jahrzehnte darin entstanden sind. Er beginnt zu erzählen; am Tresen hören ihm alle zu, bis auf Beck, der, vorgeblich oder nicht, in die Sportseiten des *Parisien* vertieft ist.

Einmal haben sie jemanden zusammengeschlagen,

sagt Winter, hier in der Nähe, auf der Avenue Secré-tan. Drei junge Kerle sind am hellichten Vormittag auf einen vierten losgegangen, keine Ahnung, warum, vielleicht war es einer von ihnen. Ich stand im Tabakla-den um Zigaretten an, habe die Szene durchs Fenster beobachtet. Aber auch wenn ich direkt daneben ge-standen hätte: Ehrlich gesagt, glaube ich nicht, dass ich versucht hätte, einzugreifen. Jemand hatte schon die Polizei angerufen. Ich bin nicht besonders mutig bei solchen Gelegenheiten. Da sah ich Kirio näher kom-men.

Winter nimmt zwei Schlucke und senkt den Blick auf das Glas, bevor er fortfährt:

Kirio überquerte die Straße und näherte sich den Männern. Ich konnte ihn gut sehen, denn er bewegte sich in meine Richtung, also auf den Tabakladen zu, vor dem sie den Jungen zusammenschlugen.

— Und da hat er einen Eimer Reis über ihnen ausge-streut oder ihnen ein Liedchen geflötet!, höhnt Beck, ohne den Blick von der Zeitung zu heben. Und alles war wieder gut und es herrschte Frieden auf Erden.

Winter fährt fort, als hätte er Becks Einwurf nicht gehört.

Ich habe zum ersten Mal verstanden, sagt er, worin Kirio sich so grundsätzlich unterscheidet von allen an-deren. Er hatte Schmerzen, als würde er selbst geschla-gen. Er sah, wie sie eindroschen auf diesen jungen Mann. Jeder Schlag tat ihm weh. Er verspürte keinen Unterschied zwischen sich und ihm. Keine Trennung.

Winter ist eine Weile still.

Ich wusste nicht, dass es das gibt, sagt er. Bis ich Kirio traf.

Beck knallt die Zeitung auf den Tresen und spielt dann, mit dem rechten Arm weit ausholend, auf der Luftgeige eine unhörbare, aber offenkundig schnulzige Melodie.

Und darf man fragen, wer am Ende k. o. gewesen ist?, fragt er, nachdem er die imaginäre Geige wieder abgesetzt hatte. Doch wohl der, der wirklich Schläge abbekommen hat.

Beide, sagt Winter. Am Ende, als die Kerle wieder verschwunden waren, lag Kirio neben dem anderen. Er hatte das Bewusstsein verloren, ich weiß nicht, ob vor Entsetzen oder warum sonst. Ich habe nicht gesehen, dass sie ihn geschlagen hätten.

Am Ufer des Canal de l'Ourcq, an der Stelle, wo Kirio aus dem Wasser gestiegen ist, liegt noch die dunkle, mit Wasser vollgesogene Jacke. Daneben ist der Umriss eines Fisches auf den Boden gezeichnet.

Ziehen wir uns kurz zurück in den Cumulonimbus, der sich jetzt ausgeregnet hat. Atemholen. Nachdenken. Wie kommt ein solcher Mensch zustande? Man nehme einen Klumpen Ton und knete ihn zu einer menschlichen Gestalt. Pflanze ihm ein paar rebellische Haare in die Kopfhaut. Gebe ihm einen Namen. Hauche ihn an? Und schon läuft er los, macht seine ersten, noch etwas tollpatschigen Schritte? Und bald schon schlägt er das erste Rad? Was bringt ihn hervor? Ist es die Sehnsucht, die ihn schafft? Es stimmt, ich habe mir mit allen meinen nicht geringen Kräften einen gewünscht, der so wäre wie Kirio. Nein, der Kirio wäre. Und nun ist er da. Seine Augen sind geweitet. Ich erkenne ihn wieder: Das ist er. Und das ist er auch wieder nicht. Er entspricht der Vorstellung, die ich mir von ihm machte, indem er ihr nicht (ganz) entspricht; denn er war vorhersehbar nur als ein Unvorhersehbarer.

Wenn ich ihn trotzdem wiedererkenne, so, nicht nur, weil ich mir einen wie ihn immer erträumt habe, sondern auch, weil ich ihm schon begegnet bin in früheren Zeiten, und wenn nicht ihm selbst, so doch seinem Urahnen, seinem großen Bruder. Im Orient bin ich auf ihn gestoßen, im tiefsten Russland und im hohen Norden, in allen möglichen Winkeln oder Zentren der Welt. Ich bin ihm, so unglaubhaft es klingen mag, im sogenannten wirklichen Leben begegnet, ebenso wie in Sagen und Legenden, wo er wirklicher war denn je.

Auf Kirio!

Die Tresensteher, auch der Wirt auf der anderen Seite, heben ihre Gläser, als hätten sie mich gehört, und trinken auf den Abwesenden, während Beck sein Glas nur anhebt, um es in einem Zug zu leeren. Er dreht sich halb zu Winter um und steckt ihm ein zusammengeknäultes Blatt Papier in die obere Jackentasche. Es ist ein Flugblatt, in dem die Angestellten des Monoprix die Verschlechterung ihrer Arbeitsbedingungen beklagen und über das Beck in dicken Großbuchstaben quer ein Schimpfwort geschrieben hat.

Soll er doch da mal vorbeischauen, dein Wohltäter. Da, wo's den Leuten schlechtgeht, wo sie Unterstützung brauchen. Statt seine blöden Purzelbäume zu schlagen.

Du kapierst rein gar nichts, sagt Winter. Er ist kein Wohltäter. Jedenfalls nicht, dass er wüsste. Seine Wohltaten geschehen unbeabsichtigt, verstehst du? Nebenbei! Außerdem ist es gar nicht sicher, ob die, die am lautesten schreien und am meisten Flugblätter verteilen, sie am nötigsten hätten.

Beck holt aus, um die Zeitung an ihren Platz zurückzuwerfen. Dabei trifft seine Faust Winters Schulter.

War keine Absicht, ist mir nur nebenbei passiert, sagt er, bevor der Geschlagene sich wehren oder den Mund aufmachen kann.

Dann ist er weg.

WIE KIRIO EIN ROMANHELD WURDE

Und wir sind ebenfalls weg. Genauer gesagt, sind wir zurück in der Rue Cavendish, in der Wohnung im fünften Stock, wo Boileau sich an jenem Sonntagmorgen, als der Selbstmörder zweimal hintereinander aus dem Fenster sprang, an seinen Schreibtisch setzte und seinen Krimi beginnen wollte. Um der Sache etwas vorzugreifen und es kurz zu machen: Aus dem Kriminalroman würde nichts werden. Wie jeden Sonntagvormittag rief ihn seine Mutter an, und nachdem er ihr die Doppelmord- und -selbstmordgeschichte in allen Einzelheiten erzählt hatte, war für das leere Blatt nichts mehr übrig davon. Vielleicht weigerte sich das weiße Blatt auch, als Löschpapier missbraucht zu werden und Blut aufzusaugen.

Jedenfalls machte Boileau dann doch noch Ernst mit seinem Kirio-Roman, und obwohl ich eigentlich (Ausschlussverfahren) alles andere als ein Roman-Leser bin, beuge ich mich über seine Schulter und lese mit:

...

Wie? Er schreibt gar nicht? Schon wieder nicht?
Er sinnt nach.

Boileau hat große Ambitionen, aber eine kleine —
fast schon keine — Phantasie. Come on, Boileau! Stürz
dich ins Leere! Morgen werden die Zeitungen voll von
dir sein, übermorgen wird die Académie française
dir einen Degen an den Gürtel hängen, und falls es
in fünfzig Jahren noch Briefmarken geben sollte, wird
dein Gesicht sie zieren. Kirio hat schon größere Wunder vollbracht als dieses. Also schreib!

…

Gut, der erste Satz ist eine Hürde. Aber du wirst dich
doch nicht schon von einem lächerlichen ersten Satz
einschüchtern lassen, wenn das Buch Hunderte oder
Tausende von Sätzen enthalten soll! Forget it. Fang einfach mit dem zweiten an.

Boileau nimmt einen Schluck Wasser (Boileau boit
l'eau, aha, oho) und fängt jetzt tatsächlich einen Satz
an, von dem ich schlecht sagen kann, ob es nun der
erste, der zweite oder der dreiunddreißigste ist; ich
weiß nur, er braucht zwei Finger dazu.

»Lange bin ich früh schlafen gegangen«, schreibt
er. Lange bin ich früh schlafen gegangen! Ich glaub's
nicht. Aber, wie gesagt, er hat wenig Phantasie. Übrigens fürchte ich, dass dies nicht nur sein erster, sondern auch sein letzter Satz gewesen ist, denn er hebt
schon wieder den Kopf und sieht eine ganze Weile
lang nicht so aus, als wüsste er, wie es weitergehen
soll. Dann aber klappert er munter los, und von jetzt an
will ich ihn, auch wenn es mir schwerfällt, kommen-
tarlos klappern lassen.

»Lange bin ich früh schlafen gegangen. Das war, bevor über mir Kirio einzog. Bis dahin legte ich mich nach einem anstrengenden Arbeitstag ins Bett, und ratz war ich weg. Kirio raubte mir den Schlaf, indem er mir Tag und Nacht auf dem Kopf herumtrampelte, und er raubte mir die Miete, indem er sie mir schuldig blieb. Und zwar von Anfang an. Einmal traf ich ihn irgendwo und sagte: ›Hey, Kirio, du schuldest mir noch die Miete‹, und Kirio nickte, kramte in seiner Hosentasche und gab mir drei winzige, eidottergelbe Muscheln in die Hand. Ich brüllte: ›Du schuldest mir drei Monate Miete!‹, und er lächelte und stellte sich auf den Kopf, wobei ihm noch weitere gelbe Müschelchen aus den Taschen rieselten. Ich hätte mich – wenn ich es denn gekonnt hätte – ebenfalls auf den Kopf stellen können, ohne einen Pfennig oder eine Kopeke oder einen Cent aus ihm herauszuholen. Dabei war er andererseits so freigebig wie eine lecke Geldbörse. Mit den Münzen, die ihm aus seinen durchlöcherten Hosentaschen fielen, hätte man, wenn man ihm auf der Spur geblieben wäre, ganze Familien ernähren können. Das hätte ihm gefallen, dass die Vermieter ihren Mietern hinterherrennen und wie Bettler ein paar hingestreute Münzen vom Boden aufklauben! Ach, was heißt, das hätte ihm gefallen: Er hätte es gar nicht bemerkt. Er blickte sich nicht um. Jedenfalls habe ich ihm den Gefallen nicht getan, mir auf diese Weise meine Miete einzusammeln. Ich pochte auf mein Geld und auf mein Recht und auf meine sämtlichen Gewissheiten, die so zahlreich und solide waren, dass sie nicht nur einen eher rückgratlosen Menschen wie mich, sondern vermutlich auch einen Regenwurm aufrecht gehalten hätten. Kirio sollte sie allesamt umwerfen; das Prädikat ›umwerfend‹ hatte in ihm endlich einmal ein seiner würdiges Subjekt gefunden.

Es fing so an, dass er, als ich ihn wieder einmal um die Miete anging, behauptete, ich sei selber schwer verschuldet.

So?, fragte ich spöttisch, und wem bitte gegenüber? Dir gegenüber vermutlich? Du schuldest mir die Miete und ich bin dein Schuldner, ja? Ist es das, was du mir sagen willst?

Nein. Nicht nur ihm gegenüber sei ich verschuldet.

Wem oder was denn sonst gegenüber?

Das würde ich schon noch selber herausfinden.

Wie denn das, fragte ich. Vielleicht, indem ich Rundbriefe verschickte an meine Bekannten, um sie dazu zu animieren, umgehend alle Summen einzufordern, die ich ihnen womöglich schuldete?

Ich stünde nicht nur bei meinen Bekannten, sondern vor allem auch bei meinen Unbekannten in der Schuld.

Seine Äußerungen schienen mir lächerlich, und noch lächerlicher schien es mir, dass ich ihm überhaupt zuhörte. Ich drohte ihm mit dem Gerichtsvollzieher. In dem Moment, als ich die Drohung aussprach, fiel mir allerdings ein, dass ein Zimmer, das weniger als neun Quadratmeter groß ist, eigentlich gar nicht vermietet werden darf, auch wenn ich natürlich nicht der Einzige war, der sich nicht an diese Vorschrift hielt. Es konnte doch wohl keiner von mir verlangen, das Zimmer zu verschenken?

Kirio fuhr fort: Ich würde jedem einzelnen Menschen etwas schulden, der ärmer sei als ich selbst. In dieser Stadt, in diesem Land, in dieser Welt.

So, da kommen aber einige Leute zusammen, höhnte ich. Woher ich denn das Geld hernehmen solle, meine vielen Schuldner auszubezahlen?

Jeder schulde nur so viel, wie er habe.

Gut zu wissen, sagte ich. Und wieso ich? Wieso bin ausgerechnet ich allerseits so hoch verschuldet?

Wir seien alle hoch verschuldet, war seine Antwort.

Verstehe, sagte ich höhnisch. Die Schuldenkrise!

Genau, sagte er. Die Schuldenkrise. Ich möge im Übrigen beachten, dass ich nicht nur bei den Menschen in der Schuld stünde, die ärmer seien als ich, sondern dass ich auch denen Freundlichkeit schulde, die weniger freundlich seien als ich. Was allerdings meinen Schuldenberg nicht wesentlich vergrößern dürfte.

Bei letzterem Satz hatte Kirio ein Lächeln auf den Lippen, von dem ich noch unfreundlicher wurde.

Das sei aber noch nicht alles. Auch bei den Tieren stünde ich in der Schuld, sagte er.

Bei welchen Tieren?, wollte ich wissen.

Bei allen.

Bei allen. Natürlich. Klar.

Und bei den Steinen, sagte er.

Ich wollte es aufgeben und den armen Irren stehen lassen. Stattdessen ging ich an seiner Seite die Straße herunter und machte mich weiter über seine Reden lustig, aber es war, als verschickte ich Papierpfeile: Er merkte nichts davon oder reagierte jedenfalls nicht darauf. Da kippte plötzlich etwas in mir um, und ich sagte: Kirio! Du wirst meine erste gute Tat.

Von da an habe ich ihn umsonst wohnen lassen. Acht Quadratmeter, auch ohne fließendes Wasser, vielmehr mit fließendem Wasser und gemeinsamem Klo auf dem Flur, sind in einer Stadt wie Paris so viel wert wie ein ganzes Haus auf dem Land. Man kann folglich ohne Übertreibung sagen, dass ich ihm ein Haus geschenkt habe! Die Nutzung eines Hauses in einer schönen, ruhigen Gegend. Und warum habe ich das getan? Weil ich ein guter Mensch bin oder wenigstens einmal im Leben sein wollte? Nein: Ich habe es getan, weil Kirio ein guter Mensch war. Ein guter Mensch! Was rede ich. Nennen wir eine Katze eine Katze und Kirio einen Heiligen. Kirio hatte, von wem auch immer, einen Auftrag bekommen. Das glaubte nicht er, aber ich. Er sollte die Menschheit aufrütteln, und bei mir hat er damit angefangen.

Dieses Buch sei meinen zahlreichen Gläubigern gewidmet, unter denen Kirio der erste und größte ist.«

So also beginnt der Roman, in welchem der gewiefte Boileau aus seinem seltsamen Mieter eine Art Pariser Mutter Teresa machen wird, also einen, der bestrebt ist, sich durch seine Taten das Himmelreich und den Friedensnobelpreis zu verdienen. Dabei ist das Einzige, aber auch wirklich das Einzige, was diese beiden miteinander verbindet, dass Kirios Großmutter mütterlicherseits ebenso wie Mutter Teresa aus Üsküb, also dem heutigen Skopje stammte.

Die Wahrheit ist, dass Boileau ein schlaues Mittel gefunden hatte, doch noch seine Miete einzutreiben. Für einen Mann mit seinem Geschäftssinn ist auch eine Romanfigur nichts anderes als ein willfähriger Angestellter, den man für sich arbeiten lässt: Er wird ihn zu den Obdachlosen und sogar bis in den sogenannten Dschungel von Calais schicken, als sei er nicht der Kirio, den wir kennen, sondern ein beliebiger Mitarbeiter einer humanitären Hilfsorganisation. Er wird ihn dem zeitgenössischen Geschmack anpassen und ihn auf anrührend-menschenfreundliche Weise mit ein paar zeitungsaktuellen Themen verquicken. Der fertige Roman wird unter dem Titel »Der Radschläger« erscheinen und monatelang auf dem ersten Platz der Spiegel-Bestsellerliste stehen. Mit dem Geld, das ihm das Buch einbringt, wird Boileau eine Villa im provençalischen Stil, mit zypressengerahmter Einfahrt und Swimmingpool, ganz in der Nähe von Kirios Kindheitsort erwerben, und er wird sogar einmal mit dem Gedanken spielen, Kirio dorthin einzuladen, doch zu dieser Zeit wird Kirio schon verschwunden sein.

Falls Sie nun glauben, in Boileaus unerhörter Bereicherung eines von Kirios Wundern oder gar eine Wohltat sehen zu müssen: Ich weiß es – wen wundert es – wieder einmal besser: Ein solches Geschehen ist kein Wunder, sondern Ausbeutung.

UHU

In meinem Kopf oder in dem Nebelstreif, der mir als solcher dient, ist alles gleichzeitig zugegen, weshalb es schon einmal sein kann, dass ich die Zeiten ein bisschen durcheinanderbringe. Vergangenes streng von einer sogenannten Gegenwart oder gar Zukunft zu trennen, kommt mir nicht in den Sinn, vielmehr muss ich mich zu solchen eindeutigen Unterscheidungen zwingen. Schon deshalb scheint es wenig wahrscheinlich, dass ich Romancier bin. Nicht, dass ich nicht verstünde, was ein Ende ist. Ich weiß von einer Dauer, ich weiß vom Tod, ich weiß, dass für den menschlichen Verstand die Geschehnisse selbstverständlich aufeinander folgen. Doch sind mir diese Phänomene fremd.

Es sieht wirklich so aus, als sei ich kein Mensch.

Was können wir aus der Tatsache schließen, dass mich diese Erkenntnis nicht sonderlich betrübt? Wohl, dass das Mensch-Sein mir wenig erstrebenswert und im Vergleich zu meiner eigenen Existenz eher als eine Einschränkung erscheint. Habe ich mit dem Menschen denn überhaupt keine Gemeinsamkeiten? Weshalb kenne ich ihn dann so gut? Es scheint so zu sein, wie ich bereits ahnte, nämlich, dass ich nicht *der Mensch*, aber *im Menschen* bin, und vielleicht sogar über ihn hinausreiche oder -weise.

Um ehrlich zu sein, denke ich in letzter Zeit immer öfter darüber nach, ob ich nicht vielleicht eine Primzahl bin. Kann es sein, dass es die Primzahlen noch irgendwo anders gibt als im menschlichen Hirn? Nicht unbedingt die 7 und auch nicht die 11 wäre ich; eher dachte ich an eine noch unbekannte Primzahl, die den Mathematikern und ihren elektronischen Gehilfen um einiges voraus wäre. Unbescheidenerweise halte ich es für nicht ganz unmöglich, dass es, allen gegensätzlichen Beweisen zum Trotz, doch eine höchste, allerdings nicht errechenbare Primzahl gibt, und dass ich – *ausgerechnet* ich! – etwas mit ihr zu tun habe. Das würde immerhin erklären, warum ich so schwer zu fassen bin.

Doch führen uns derartige Überlegungen zu weit von Kirio weg. Dieser hatte zwar eine besondere Vorliebe für gewisse Zahlen, unter denen auch die eine oder andere Primzahl war, doch ging seine Neigung über die einstelligen Zahlen nicht weit hinaus. Besonders die Zwei und die Drei hatten es ihm angetan, und er führte mit ihnen Gespräche, die etwas von einem Liebesgeflüster hatten. Für die meisten seiner Mitmenschen wäre ein solches Zahlengeplänkel zweifellos ein hinreichender Grund, den Mann für heillos verrückt zu halten. Man stelle sich nun vor, wie dieselben Mitmenschen reagiert hätten, wenn er sich in diesem liebevollen Ton nicht an die Zwei oder die Drei, sondern an die Zwei hoch vierundsiebzigmillionen-zweihundertsiebentausendzweihunderteinundachtzig minus eins gerichtet hätte! Denn so und nicht anders lautet die höchste derzeit bekannte Primzahl, die aber ebenso wenig wie die früher schon errechneten mit mir übereinstimmt.

Sicher nicht?

Ganz sicher nicht. Das wüsste ich.

Das mit der höchsten Primzahl war im Übrigen nur so eine Intuition von mir. Eher unwahrscheinlich, dass sich ihre Existenz (und folglich meine?) je beweisen lässt. Lassen wir deshalb dieses Thema und springen wir von der Mathematik zu den Neurowissenschaften und damit zu Clémentine Ordinaire, der früher schon einmal erwähnten Hirnforscherin, mit der wir uns über das Gute unterhalten wollen. Das folgende Gespräch ist in ihrem Büro an der Universität Denis Diderot aufgezeichnet worden, und da die Wissenschaftlerin mich dabei nicht leiblich vorfand, hat sie es vermutlich als Selbstgespräch in Erinnerung.

Was hat es auf sich mit dem Guten im Menschen?

Die Frage kam weniger unvermittelt, als sie klingen mag, denn Clémentine Ordinaire war in Gedanken gerade mit Kirio beschäftigt, der ihr schon seit geraumer Zeit wie eine Verkörperung (vielleicht sollte man besser sagen: Verkasperung) des Guten erschien und an dem sich allmählich auch ihr wissenschaftliches Interesse zu entzünden begann. Sie kannte ihn aus dem Café des

Buttes, wo, wahllos von dem Magnet der Theke angezogen, Tag für Tag Straßenfeger und Hirnforscher, Immobilienmakler und Rentner nebeneinander zu stehen kamen. Sie kannte ihn, wie ihn dort jeder kannte, und wie alle hatte sie viele Kirio-Geschichten vernommen. Das Café des Buttes hallte nur so von Kirio-Geschichten zu manchen Stunden.

Was ist eigentlich an Serienmördern und Kinderquälern so interessant? Warum sind Wissenschaftler — von Schriftstellern und Filmemachern ganz zu schweigen — so gerne dem Bösen auf der Spur und überlassen das Gute dem Vergessen oder allenfalls den Moraltheologen? Ist Kirio nicht unvergleichlich faszinierender als irgendein dahergelaufener Barbar oder Vergewaltiger? Wäre er nicht ein interessanterer Untersuchungsgegenstand?

Clémentine begann sich vorzustellen, es müsse möglich sein, das Gute in Kirios Hirn mit Hilfe eines Magnetresonanztomographen einzufangen. Sie gehörte zu den Ersten, die herausgefunden hatten, dass die Hirnrinde des Stirnlappens und der sogenannte Mandelkern verhältnismäßig klein sind bei den Gewalttätern, die üblicherweise unter dem Namen »Psychopath« in unserer Mitte leben. Sollte das umgekehrt heißen, dass die Hirnrinde von Kirios Stirnlappen und sein Mandelkern überdurchschnittlich entwickelt waren? Tatsächlich hätte sie ihn gerne einmal näher unter die Lupe genommen, hätte Scans gemacht, Aktivierungsmuster erstellt und nach Abweichungen gesucht. Sie war sich sicher, dass der Ursprung des Guten ebenso wie der des Bösen ausfindig gemacht werden konnte.

Und was, wenn dieser Ursprung gefunden ist?

Erst einmal möchte ich einfach nur herausfinden, woher das Gute rührt und wie es beschaffen ist. Das wird wohl noch erlaubt sein? Immerhin bin ich Forscherin. Hirnforscherin, genau gesagt. Ich werde nicht dafür bezahlt, Ameisen zu beobachten oder die Verhaltensweise der Bienen zu untersuchen. Ich befasse mich mit dem menschlichen Gehirn. Mit wessen Hirn im Besonderen, muss wohl mir überlassen bleiben.

Aber Forschen, Verstehen-Wollen ist eine Sache, Eingreifen eine andere. Wenn jemand einen Überschuss an Bösem in sich trägt, kann man darin unter Umständen eine Krankheit sehen, die behandelt werden sollte. Ein Überschuss an Gutem ist aber keine Krankheit!

Vielleicht nicht, aber wie kann ich das Böse verstehen, wenn ich vom Guten keine Ahnung habe?

Such dir ein anderes Versuchskaninchen und lass Kirio in Ruhe! Wie kommst du überhaupt auf die Idee, er sei ein guter Mensch?

Er ist nicht darum bemüht, gut zu sein, sagte die Forscherin. Er kann nicht anders. Das ist es, was mein Interesse geweckt hat. Wo kommt das Gute her? Ich habe ihn befragt: Er gehört keiner bestimmten Glaubensrichtung an, er geht nicht – noch nicht einmal auf den Händen – in die Kirche, er betet nicht, er verspricht sich von seinem Handeln kein ewiges Leben.

Es scheint keinen Grund für sein Gut-Sein zu geben. Was mich zu der Hypothese veranlasst, dass es in seinem Hirn angelegt und er damit geboren ist. Diese Veranlagung möchte ich genauer untersuchen. Wie du dich anstellst! Es wird ihm kein Härchen gekrümmt werden dabei.

Ha, Kirios Härchen! Die wären eine Wissenschaft für sich wert. Willst du dich nicht lieber mit seinen Härchen beschäftigen?

So ging es noch eine Weile hin und her, doch gelang es mir nicht, Clémentine O. ihr Vorhaben auszureden und ihr wissenschaftliches Interesse in andere Bahnen zu leiten. Sie wollte Kirios Kopf. Doch Kirio war viel zu wuselig, als dass man ihn für Forschungszwecke in eine Röhre hätte schieben können. Er konnte Gutes tun, ohne es zu wollen noch zu wissen; stillhalten aber war zu viel verlangt. Seine Wuseligkeit machte ihn nicht nur als Untersuchungsobjekt unbrauchbar, sie sorgte mitunter auch dafür, dass ihm sonst nichts Schlimmes widerfuhr.

Was sollte einem wie ihm denn Schlimmes widerfahren? War er nicht durch seine Gutartigkeit vor allem Bösen gefeit? Im Allgemeinen schon. Doch war er beliebt auf eine Weise, die ihn bei Einzelnen durchaus unbeliebt machen konnte. Beck zum Beispiel brannte an manchen Tagen darauf, ihm den Kopf nicht gerade in eine Röhre zu stecken, aber mindestens einmal ordentlich zu waschen. Seine Wut auf Kirio war allmählich zur Obsession geworden, und wenn beide irgendwo – meistens im Café des Buttes – zusammenkamen, musste der eine bald gehen. Meistens war es Kirio, der ging oder vielmehr sprang. Dass die Umstehenden ausnahmslos Kirios Partei ergriffen, steigerte Becks Wut noch, und eines späten Abends konnte er nicht mehr an sich halten; er ließ sein halbleeres Glas stehen und lief Kirio nach, der schon durch die Tür war und gerade dabei, mit kräftigen Paddelgesten, als durchquerte er im Kanu einen Wildbach, auf die andere Straßenseite zu gelangen. Beck folgte ihm unbemerkt bis in ein zu dieser späten Stunde einsames Sträßchen, und gerade in dem Moment, als er dicht hinter ihm angekommen war und den mit einer aufgelesenen leeren Flasche bewaffneten Arm hob, setzte Kirio dazu an, auf dem freien Bürgersteig vor ihm Rad zu schlagen. Die kleine Verzögerung, die sich daraus ergab, genügte, um den Verfolger zu verunsichern. Einige Schritte weiter holte Beck noch einmal aus, doch fiel oder sprang ihm just in diesem Augenblick von einem Balkon oder Fenstervorsprung eine Katze auf den Kopf – ich weiß, dass es unwahrscheinlich klingt, aber was wäre man für ein Zeuge, wenn man alles unterschlagen würde, was unwahrscheinlich klingt. Der Aufprall war leicht genug, um weder Beck noch die Katze ernsthaft zu verletzen, und zugleich plötzlich genug, um den Angreifer für einen Moment außer Gefecht zu setzen. Als er die Katze davonhuschen und Kirio davonspazieren sah, steigerte sich Becks Wut zur Mordlust; er brüllte Kirios Namen und rannte los. Jetzt endlich blieb Kirio stehen und drehte sich um. Mit weit geöffneten Armen und einem freudigen Lächeln auf den Lippen erwartete er Beck wie einen lange nicht gesehenen Freund. Er zeigte weder Angst, noch machte er Anstalten, sich wehren zu wollen. Die leere Weinflasche in der Hand, kam Beck auf ihn zugerannt und holte aus, um ihm den Schädel zu zertrümmern. Kirio schien von diesen Absichten nichts zu ahnen. Er ähnelte im Gegenteil einem, der sich anschickt, ein Geschenk in Empfang zu nehmen.

Der Schlag ging daneben, die Flasche zersprang in Scherben. Ich überlasse es den Überwachungskameras, die alles aufgenommen haben, zu entscheiden, ob Kirio zuletzt doch ausgewichen war, ob Beck womöglich noch benommen war von dem vorausgegangenen Zwischenfall oder ob er im letzten Moment nicht zuschlagen wollte oder konnte. Die beiden standen sich jedenfalls gegenüber, Kirio immer noch mit ausgebreiteten, Beck mit hängenden Armen. Kirio machte zwei Schritte auf Beck zu und drückte ihn an sich. Dieser ließ es geschehen.

Warum dieses Kapitel »Uhu« betitelt ist? Weil ich ein gut getarnter Nachtvogel bin? Wahrscheinlicher: weil ein Kapitel nun mal irgendeinen Titel tragen muss.

WIE KIRIOS GESCHICHTE OHNE
KIRIO KLINGT

Natürlich ist es mit allen Geschichten so, dass man sie auf tausend verschiedene Arten und aus den unterschiedlichsten Blickwinkeln erzählen kann. Kirios Geschichte ist da keine Ausnahme, nur hat sie anderen Geschichten voraus, dass sie zur Not auch ohne ihre Hauptfigur auskommt. Wie das? Zum Beispiel so:

Nehmen wir einen beliebigen Frühlingstag einer noch gar nicht so fernen Vergangenheit. In der sechsten Etage des Hauses Nr. 7 der Rue Cavendish hörte Héloïse Pasquier, eine alleinstehende und zu ihrem Leidwesen auch alleinliegende Dame in mittleren Jahren an einem frühen Montagmorgen ihren Wecker nicht. Und zwar, weil in ihrem Traum und vermutlich auch in Wirklichkeit ebenfalls ein Wecker klingelte, aber nicht in ihrem Zimmer, sondern hinter der dünnen Wand, die sie von ihrem Nachbarn trennte, und im Traum ärgerte sie sich über die Störung und nahm sich fest vor, das durchdringende, der vertrauten Stimme ihres eigenen Radioweckers unähnliche Getriller zu ignorieren und weiterzuschlafen. Eine gute Stunde später stellte sie fest, dass sie verschlafen hatte. Zwei gute Stunden später stellte sie fest, dass das Bürogebäude in Pantin, wo die Firma ansässig war, in welcher sie eine Stelle als Buchhalterin innehatte, durch eine Gasexplosion zerstört worden war. Um neun Uhr elf, also genau elf Minuten nach ihrem regulären Arbeitsbeginn, war das Haus eingestürzt und hatte die vier zu diesem Zeitpunkt schon anwesenden Angestellten der Firma und den Chef derselben in den Tod gerissen.

In der Rue Steinkerque, ein paar Schritte von der Metrostation Anvers entfernt, waren gegen zehn Uhr morgens bereits die Taschendiebe ausgeschwärmt. Der Chef eines russischen Gasunternehmens bewegte sich gemächlich neben einer Frau, die seine Enkelin hätte sein können, und einem als Leibwächter getarnten Reiseführer her. Nichts ragte ins Bild, was nicht hineingepasst hätte: Eiffelturm und Triumphbogen waren in Glaskugeln eingeschlossen, in denen es, sobald man sie in die Hand nahm, zu schneien begann; es gab menschenleere Bonbon- und Souvenirläden und untergehakte Mädchen in halb aufgelösten Schülerketten und den einen oder anderen einheimischen Hundebesitzer, der geduldig darauf wartete, einen Scheißhaufen in der mitgeführten Plastiktüte einsammeln zu können. Business as usual für Touristen und Pickpockets, und auch für die Übrigen gestaltete sich der Morgen so überraschungsfrei wie nur möglich.

Weiter oben, wo die Seilbahn zum Sacré-Cœur abfährt, hatte sich eine kleine Menschenansammlung gebildet. Es ist dies eine der Stellen, wo die Reisegruppen unweigerlich wieder zusammenschnurren, auch wenn sie in Bewegung noch so dehnfähig waren. Während der Reiseführer-Bodyguard des russischen Paares um Tickets anstand, näherte sich ein elfjähriger rumänischer Junge namens Dumitru einer der vorderen Hosentaschen des Russen, aus der die rechte obere Ecke eines goldenen iPhones als stumpfer Pfeil zum Himmel zeigte. Der Russe war selbst so wachsam und durchtrainiert, dass er eigentlich keinen Leibwächter gebraucht hätte und man sich im Grunde sogar fragen konnte, ob er nicht der Leibwächter war und der als Reiseführer getarnte Bodyguard der Oligarch. Jedenfalls verfolgte er den kleinen Rumänen schon seit einiger Zeit aus den Augenwinkeln und hätte ihn zweifellos rechtzeitig am Kragen gepackt, wenn ihm nicht just in dem Moment, da er den Arm nach ihm ausstrecken wollte, eine jener eben schon erwähnten Glaskugeln an den Kopf geflogen wäre, ein Schock, bei welchem die Kugel keineswegs zersprang, der aber in ihrem Innern einen schweren Schneesturm auslöste, während der kugelige Kopf des Russen nur kurz benebelt war, ansonsten aber ebenfalls unbeschadet blieb. Die Benebelung dauerte genau so lange an, wie Dumitru brauchte, um alle vier goldenen iPhone-Ecken unter seiner Jacke verschwinden zu lassen und in der Menge unterzutauchen.

In der Rue Eugène Sue fand wenig später Okwonkwo Tounkara, ein obdachloser Nigerianer, der nach Paris gekommen war, um dem Elend in seiner Heimat zu entfliehen, und nun das Privileg hatte, schon sechzehn Winter auf dem vornehmen Pariser Pflaster, in den stilvollen Pariser Metrostationen und in den teuren Pariser Parkhäusern verbringen zu können, einen alten Schuh. Der Schuh war ein englischer Herrenschuh der Größe 43, der, anders als sein Finder, offenbar einmal bessere Zeiten gekannt hatte und nun eingeklemmt war in das zusammengefaltetete Triptychon eines metallenen Fensterladens einer Erdgeschosswohnung. Wäre Okwonkwo Tounkara nicht der gewesen, der er war (Hi's hi), hätte wohl kaum ein einzelner ausgetretener, runzeliger Schuh sein Interesse wecken können. Vielleicht war aber der Zwillingsschuh nicht weit? Okwonkwo Tounkara befreite das Fundstück aus dem Fensterladenknick und nahm, bevor er die Umgebung gründlich zu durchforsten begann, erst einmal den linken Schuh, den er jetzt in der Hand hatte, näher in Augenschein. In seiner Spitze steckte, eingewickelt in eine Socke, die zwar aus Kaschmir, aber keineswegs am selben Morgen aus einem nach Lavendel duftenden Kleiderschrank gezogen worden war, ein Schlüssel für ein Schließfach der Gare du Nord.

Und nun möchten Sie natürlich gerne wissen, was sich in diesem Schließfach befand. Wie wäre es mit einem Aktenköfferchen voller akkurat gebündelter Geldscheine, wie man es aus Film und Fernsehen kennt? Leider muss ich Sie enttäuschen: Das Schließfach war leer.

Okwonkwo Tounkara ärgerte sich.

166

Er würde sich weniger geärgert haben, wenn er gewusst hätte, dass er, wenn er nicht kehrtgemacht hätte, um so schnell wie möglich die Gare du Nord zu erreichen, sondern stattdessen die Rue Eugène Sue weitergegangen wäre, nicht nur die kurze Hoffnung auf einen verborgenen Schatz, sondern sein Leben eingebüßt hätte. Er wäre nämlich von dem fahlblonden jungen Mann, der, kurz nachdem er seinen Fund gemacht hatte, in die Straße einbog, und dessen wahnhafte Pflicht es war, Europa vor dunkelhäutigen Invasoren zu beschützen, durch ein Dutzend Messerstiche getötet worden.

Auf die Frage, wer diesen Schlüssel in den Schuh und diesen in den Fensterladen gesteckt hatte und zu welchem Zweck, gibt die Geschichte, auf diese Weise erzählt, keine Antwort. Doch gibt sie Aufschluss über mich: Wie wir sehen, ist einer der Unterschiede zwischen mir und einem professionellen Erzähler, dass ich weiß und folglich mitbedenken muss, was alles nicht oder außerhalb seines Blickfelds geschehen ist.

Zu den Dingen, die – für den kurzsichtigen oder, anders gesagt, menschlichen Beobachter »zufällig« oder »wie durch ein Wunder« – nicht geschehen sind, gehört auch die folgende Episode, die, wenn sie denn eingetreten wäre, in den Zeitungen zweifellos ungefähr folgendermaßen wiedergegeben worden wäre:

»Am frühen Nachmittag des soundsovielten April wurde in der Rue de l'Évangile [unweit der Rue Eugène Sue; Anmerkung des unbekannten Erzählers] ein Bom-

benanschlag verübt, bei dem es drei Verletzte und einen leichten Sachschaden gab. Der Sprengstoff wurde
mit Hilfe des billigsten Modells einer in jedem Bau-
markt zu erwerbenden Drohne an den Tatort transportiert. Die mutmaßlichen Täter sind zwei Schüler, die
bei ersten Befragungen ausgesagt haben, die Tat aus
Hass gegen die ›Kreuzzügler‹ begangen zu haben. Bei
der Wahl des Anschlagsorts sei der Name der Straße,
Rue de l'Évangile, ausschlaggebend gewesen.«

Diesen Anschlag hat es, wie gesagt, nie gegeben. Ein
unbemanntes Flugobjekt ist aber durchaus an jenem
frühen Nachmittag durch den Himmel von Paris geflogen, sofern der Himmel etwas ist, was gleich über den
Dächern anfängt. Nur wurde damit kein Sprengstoff
transportiert, sondern eine kleinere Menge Weizen-
mehl der Marke Francine, und zwar, weil derjenige,
der den Halbwüchsigen den Sprengstoff verkauft oder
vielmehr gegen ein so gut wie neues Rennrad einge-
tauscht hatte, kein Freund von Sprengstoff war.

Und so könnte Kirios Geschichte lange weitergehen, ohne dass dieser je selber in Erscheinung träte,
oder höchstens am Rande, mit einem Zipfel seiner
Person. Zu Schlechtem war er nicht begabt, das haben
wir gesehen; das Gute aber säte er unwissentlich, wie
andere im Vorbeigehen Blumen köpfen oder einem
Hund einen Tritt versetzen. Wie jedermann wusste er
nicht immer, was er tat, noch warum. Weshalb er hier
einen Schlüssel auflas, dort einen alten Schuh, wieso
er den einen in den Tiefen des anderen versenkte und

beide zusammen in einen Fensterladen klemmte. Noch weniger wusste er, welche Folgen sich daraus ergeben würden. Doch anders als bei jedermann waren diese Folgen nie unheilvolle, und nicht selten waren es sogar wundersame, von denen er nie erfuhr.

PIROU

Das Wissen um Kirios ungewollte gute Taten ist etwas – womöglich das Einzige –, was Sie ihm voraushaben, ohne dass Sie darauf allerdings besonders stolz sein könnten, denn dieses Wissen haben Sie mir zu verdanken. Falls es unter Ihnen Schlaumeier geben sollte, die »gute Taten« für nichts als Pfadfinderkram und »Gut« und »Böse« für unbrauchbare oder überlebte Kategorien halten, werde ich mich mit diesen auf keine Diskussion einlassen, sondern sie auf die verschiedenen Formen des Guten verweisen, die durch Kirios Existenz in Erscheinung traten und die vor ihm selbst und allen anderen verborgen blieben und wie ein unsichtbarer Widerschein oder lautloser Nachhall seines Wesens waren. Von Kirios Schatten ging mehr Licht aus als von den Spots und Scheinwerfern anderer Leute.

Wie aber kam dieses Licht, das noch sein Schatten verbreitete, in Kirio hinein? War es schon immer in ihm gewesen oder hat es irgendjemand (wobei vermutlich schon wieder ich als erster Verdächtiger in Frage komme) hineingetan?

So gut ich auch sonst immer Bescheid weiß – hier

muss ich passen. Woher soll ich es auch wissen? Hab ich ihn denn erschaffen?

Gut, ausgeschlossen wäre es nicht.

Aber sicher sein kann man sich auch nicht.

Einerseits scheint es plausibel angesichts dessen, was ich manchmal versucht bin, meine Allmacht zu nennen. Einen wie ihn habe ich mir schon immer erträumt, was läge also näher, als ihn herbeizuzaubern? Andererseits: Übersteigt er nicht doch ein bisschen meine Möglichkeiten? Was mich aber am meisten stutzig macht, ist, dass es ihn *wirklich* gibt. Es hat ihn gegeben. In Fleisch und Blut. Das heißt, in Fleisch eher weniger, aber Blut besaß er durchaus in den notwendigen Mengen.

Und? Ist das ein Hinderungsgrund? Kann ich ihn nicht vielleicht trotzdem hervorgebracht haben? Manchmal wird mir angst und bange, wenn ich Mutmaßungen über meine Identität anstelle. Aber leider oder erfreulicherweise werden wir diese Frage wohl auch diesmal nicht eindeutig entscheiden können. Eine Antwort wäre gewiss leichter zu finden, wenn es mich wie Kirio *wirklich* gäbe, als ein Wesen, das eingeschlossen ist in Raum und Zeit. Und natürlich, wenn ich nicht so allein dastünde, vielmehr gerade nicht *dastünde*, sondern auf merkwürdige Weise trotzdem zugegen wäre.

Ich glaube nicht, dass Sie sich vorstellen können, wie beunruhigend, ja, demütigend es ist, über die eigene Identität erst lange rätseln zu müssen. Wenn es noch mehrere gäbe von meiner Sorte, bräuchte ich wohl kaum eine solch quälende Ungewissheit zu erdulden. Es ginge mir wie Ihnen, der Sie sich, falls Sie Zweifel zur eigenen Person ankommen sollten, bloß umzusehen brauchen, und siehe, da gibt es noch haufenweise Geschöpfe, die ebenfalls aufrecht auf den Hinterbeinen laufen und mit den beim Gehen nutzlosen Vorderbeinen schlenkern, die Zähne haben, die sich nicht zum Töten eignen, und Köpfe, die umso besser dazu taugen. Ich bräuchte nur in den Spiegel zu schauen, um herauszufinden, dass ich einer oder eine von ihnen bin. Was aber, wenn man zu keiner Art gehört? Wenn keiner aus dem Spiegel herausschaut und man sich niemandem als eigenständiges Wesen bemerkbar machen kann? Wenn man nicht den geringsten Hinweis erhält über sich, abgeschnitten wie man ist von der sichtbaren Welt? Sie müssen zugeben, da wird es schon schwieriger mit der Selbstfindung. Weshalb ich auf Ihre Hilfe angewiesen bin.

Gibt es denn wirklich niemanden, werden Sie mich fragen, mit dem ich eine gewisse Verwandtschaft hätte? Einen entfernten Cousin vielleicht?

Let's see … Da wäre schon jemand … eine gewisse Familienähnlichkeit … aber mehr auch nicht, immerhin bin ich unsichtbar und jener andere nicht. Aber gut … bestimmte Merkmale stimmen schon überein … Könnte hinkommen, ja. Ich denke da an einen gewissen Himmelskörper, der keinen Körper hat, was ihn nicht daran hindert, ein Maximum an Gewicht auf die Waage zu bringen. Statt aus Gestein besteht er aus Gasen, und es ist noch nicht einmal sicher, dass er überhaupt einen festen Kern besitzt. Wenn ja, so wäre dieser im Innern einer gewaltigen Gaskugel gefangen wie ein Kirschkern in einem Luftballon. Jupiter ist der Name dieses entfernten Cousins. Weiß-rötliche und orange-gelbe Schleier, hinter denen sich nicht viel verbirgt; eine Konsistenzlosigkeit, die es zu etwas gebracht hat, mehr ist da nicht: Sie sehen, wie es um mich steht, falls ich diesen »Gasriesen« tatsächlich zu meiner Verwandtschaft zählen darf. Immerhin zeigt sich an diesem Vetter namens Jupiter, falls dies noch nötig wäre, dass es durchaus auch etwas geben kann, was es nicht gibt, das heißt, was nicht zu fassen ist und keinen Körper hat. Ein solches Gebilde kann sich sogar wie jedermann um die eigene Achse und um eine Sonne drehen, und das sogar schneller als seine solidere Verwandtschaft.

Andererseits kann man durchaus einen Körper haben und trotzdem nicht vorhanden oder jedenfalls nicht aufzufinden sein, womit wir wieder bei Kirio wären. Es bleibt zu erzählen, wie es zu seinem Verschwinden kam, doch ist die Versuchung groß, die Erzählung und damit das Verschwinden noch etwas hinauszuzögern, zumal es mindestens einen weiteren Zeitzeugen gibt, der darauf brennt, bevor der Abspann läuft oder der Vorhang fällt, unter Eid eine Aussage zu machen. Warum unter Eid?, werden Sie fragen. Könnte denn irgendwer auf die Idee kommen, seine Darstellung anzuzweifeln? Genau das ist seine Befürchtung, und wenn Sie ihn angehört haben, werden Sie verstehen, warum.

Monsieur Marcel Détrais wird in den Zeitzeugenstand gerufen, Monsieur Marcel Détrais!

Ein Geraune hebt an im Saal, während ein hagerer kleiner Mann nach vorne tritt und nervös an seinen Jackettärmeln zupft. Seine Gestalt erinnert an eine Zypresse, die im Küstenwind gewachsen ist; sein Gesicht und die Kopfhaut unter den spärlichen Haaren sind rostrot und von Blasen überzogen wie eine ausrangierte Seilwinde, von der die Farbe abspringt. Marcel Détrais ist Jockey – jedenfalls nennt er sich so. Keiner von denen, deren polierte Stiefel, Seidenjäckchen und geflochtene Reitgerten allein schon Applaus verdienen und die am Gewinn beteiligt sind. Marcel Détrais wirkt im Hintergrund. Er spürt die besten Pferde auf, trainiert und umhegt sie, und tatsächlich tragen viele »seiner« Pferde, die anderen gehören, bei den großen Trabrennen, in Vincennes, Enghien und Cagnes-sur-mer die ersten Preise davon. Er wird entlohnt von einem Gestüt, vor allem aber von den Pferden selbst, die ihm zuliebe immer schneller werden. Wer nichts anderes zu tun hat, kann Marcel Détrais bei Ebbe und trockenem Wetter auf einem leichten Gespann oder zu Pferd den Strand entlangfegen sehen, auf jenem Streifen, nicht weit vom Wassersaum entfernt, wo der feuchte Sand sich zu einer befahrbaren Piste verhärtet hat. Nie trägt er eine Mütze oder eine Sonnenbrille, auch wenn er geradewegs auf die Sonne zufegt, weshalb er so rostig und zerfurcht ist, dass seine Gesichtshaut kaum noch von der schrundigen Oberfläche seines Anoraks zu unterscheiden ist, der ihm ebenso angewachsen scheint. Unfälle hatte er mehr als die meisten der Starjockeys Geburtstage; kaum ein Knochen an seinem Skelett, der noch nicht mindestens einmal gebrochen war. Wenn er geht, bildet sich zwischen seinen Beinen ein Pferderücken aus Luft.

Bei was wollen Sie schwören?, fragt ihn der Richter. Beim Allmächtigen?

Nein. (Ein »Nein«, das ich mit einiger Erleichterung höre.)

Bei Ihrer Ehre?

Nein.

Bei Ihrem Leben?

Von mir aus.

Dann sprechen Sie mir nach: Ich schwöre bei meinem Leben …

Ich schwöre bei meinem Leben …

… dass ich über alles, worüber ich von dem Gericht werde befragt werden …

… dass ich über alles, worüber ich von dem Gericht werde befragt werden …

… die reine und volle Wahrheit und nichts als die Wahrheit aussagen werde …

… die reine und volle Wahrheit und nichts als die Wahrheit aussagen werde …

… so wahr mir Gott helfe.

… so wahr mir … so wahr mir … Gott helfe.

Wann haben Sie den Vermissten das letzte Mal gesehen?

Letzte Nacht.

Letzte Nacht?

Ich träume oft von ihm.

Ich rede von Ihrer letzten Begegnung im Wachzustand!

Das ist sieben Jahre her, aber es sind so unglaubliche Dinge passiert an diesem Tag, dass ich mich manchmal frage, ob ich nicht geträumt habe. Träume können erschreckend banal sein im Vergleich mit manchen Wirklichkeiten. Wie soll man unter diesen Umständen Traum und Wachen deutlich auseinanderhalten?

Wo waren Sie an jenem Tag vor sieben Jahren?

In Pirou. (An der Westküste des Cotentin, in der Normandie, für diejenigen, mit denen man immer rechnen muss, die Pirou nicht kennen sollten.)

Und der Vermisste also auch?

Ja.

Was hatte er im Cotentin verloren? Lebte er dort? Und seit wann?

Er wohnte in einem Holzschuppen hinter den Dünen, ohne Strom und fließendes Wasser, von dem Wasser einmal abgesehen, das jenseits der Dünen hin- und herschwappte und häufig genug auch vom Himmel fiel. Er war aus der Hauptstadt gekommen, aber sein Tonfall war aus dem Süden.

Wissen Sie, was ihn dazu bewogen hat, an dieses

Ende der Welt zu ziehen? Hatte er Freunde oder Verwandte dort?

Glaube nicht.

Was hat es auf sich mit dieser phantastischen Begebenheit, von der Sie so dringend berichten wollen? Unter welchen Umständen hat sie sich zugetragen? Was hat sie mit dem Verschwundenen zu tun?

Marcel Détrais' Antwort versetzt das Hohe Gericht auf einen Feldweg, auf dem Kirio neben einem kräftigen jungen Dunkelfuchs herläuft, von dem herab der Jockey lebhaft auf ihn einredet. Es ist Vorfrühling, die Luft ist frisch und rein wie am ersten Tag der Schöpfung, das Pferd weitet freudig seine Nüstern und neben ihm springt Kirio leichtfüßig über die Pfützen und jubiliert auf seine Art. Wenn die Kamera etwas abhebt und aus der Höhe vorwärtsblickt, kommt das Meer in Sicht, auf das der Weg in sanften Schlaufen zuführt, als wäre er kein Weg, sondern ein Fluss. Doch bevor er noch die Küste erreicht, wird er von einem anderen Feldweg gekreuzt, und auf dieser kleinen Kreuzung bleibt Kirio stehen und zögert, welche Richtung er einschlagen soll; vielleicht hat ihn auch ein Wort seines Begleiters zum Innehalten gebracht. Das Kameraauge senkt sich wieder zu den beiden oder vielmehr den dreien, denn das Pferd ist einer der Hauptdarsteller dieses Kurzfilms oder Feldwegmovies. In der Mitte des Kreuzwegs lotrecht unter der Märzsonne stehend, ist Kirio im Begriff, die Geschichte des großen Verhängnisses im Leben des Marcel Détrais anzuhören.

Solange sie sich auf dem Feldweg vorwärtsbewegten, hatte der Jockey von seinem früheren Leben erzählt, als er selbst noch die schmalen Stiefel und das Seidenjäckchen trug und auf den großen Trabrennbahnen die Pferde mit den besten Chancen ritt; als er an jedem Sieg beteiligt war und mit dem Ertrag seiner Siege für sich und seine Frau und ihr gemeinsames Kind ein Haus bauen ließ. Neben Kirio herreitend, hatte er gleichzeitig die kleine Kreuzung und einen bestimmten Tag in der Vergangenheit erreicht, auf den er beim Reden schon die ganze Zeit zusteuerte und auf den sein gesamtes Leben im Rückblick zuzusteuern schien. Es war einer der letzten Tage des vergangenen Jahrtausends.

Während dieser Tag in der Erzählung nun noch einmal beginnt und ein bestimmter Moment darin immer näher rückt, haben die beiden Männer, der Reiter und der Fußgänger, auf der Kreuzung haltgemacht, doch fällt dem Pferd das Stillstehen schwer; es hat die Nacht und den Morgen über im Stall verbracht und möchte losspringen, kann seine Kräfte kaum bezwingen. Von seinem Reiter im Zaum gehalten, dreht es sich schnaubend auf der engen Kreuzung im Kreis; Kirio ist die Achse, um die es bis zum Ende der Erzählung kreist. Er, der sonst nie stillhalten kann, wird sich, bis das letzte Wort gefallen ist, gerade wie ein Pfahl oder wie ein leinenloser Longenführer in einer viel zu engen Koppel langsam auf der Stelle und um die eigene Achse drehen, um Pferd und Reiter nicht den Rücken zuzukehren.

Das Haus, das sich jetzt ins Bild schiebt, ist einer jener mit hellgrauem Holzimitat verkleideten und mit Fensterfronten versehenen Neubauten, denen die jungen Normannen – der großen Verbreitung dieser Kartenhäuser nach zu urteilen – den robusten, kleinäugigen Sandsteinhäusern ihrer Ahnen den Vorzug geben: Großen Reichtum scheint der Jockey nicht angehäuft zu haben in seinen goldenen Jahren. Das Haus sieht aus, als wäre es gerade erst fertig geworden. Der Garten besteht aus einer großen, mit Schotter bedeckten Park- und Rangierfläche für die zwei Autos mitsamt Anhänger und einer ebenso großen künftigen Rasenfläche.

Während sein vor Bewegungslust schnaubendes Pferd weiterhin kleine Kreise beschreibt, beginnt der Reiter mit dem zerschundenen, wie von Brandblasen bedeckten Gesicht den Ablauf jenes Dezembertages zu schildern. Der Morgen war ein ausgesprochen windiger, was in dieser Küstengegend im Winter keine Seltenheit ist; ansonsten war er so gewöhnlich wie ein Morgen kurz nach Weihnachten nur sein kann. Seine dreijährige Tochter an der Hand, geht Marcel Détrais auf dem Hof die Hasen füttern. Später kocht er Kaffee, legt ein tiefgefrorenes Baguette in den Ofen. Nach dem Frühstück haben sich seine Schwägerin und sein Schwager angekündigt, aber die Böen sind so stark, dass die beiden zunächst einmal im Auto sitzen bleiben, bis der Kartenhausherr zu ihnen hinausgeht und sie ermuntert einzutreten. Neuer Kaffee wird gekocht und den Ankömmlingen angeboten. Es ist zehn Uhr vormittags.

Vergeblich dreht sich der Reiter im Kreis: Er nähert sich doch dem Ziel, auf das er zuhält. Und je näher er ihm kommt, umso mehr dehnt sich seine Erzählung. Wo gerade noch Jahre seines Lebens zu einem knappen Satz zusammenschnurrten, weitet sich jetzt jede Minute zu einem Wortgebirge, in welchem jede noch so geringfügige Geste, jeder Seitenblick und jedes Geräusch ihren Platz und ihre Bedeutung haben, und sei es die, den Moment, an dem dieser Vormittag ein Ende hat, noch eine Weile hinauszuzögern.

Das Pferd wird immer unruhiger, es will ausbrechen aus dem Urzeigersinn, in dem es gefangen ist, stampft mit den Vorderhufen, aber die Zügel zerren seinen Kopf nach hinten und zugleich nach rechts, wo nach wie vor Kirio steht oder sich starr auf der Stelle dreht wie eine pünktlich aus der Nacht der Turmuhr ans Licht getretene Figur. Er ist in den Kreis der Geschichte gebannt; seine Augen weiten sich mit den erzählten Minuten, weiten sich vor Schreck, in Erwartung eines Schreckens, der unvermeidlich scheint und – da sich in der Erzählung etwas tatsächlich Geschehenes wiederholt – auch unvermeidlich ist.

Wir sehen das Haus, allein auf kahlem Terrain.

Wir sehen, wie eine wuchtige Böe es absichtslos zum Einstürzen bringt.

Das Pferd, auf dem der Jockey sitzt, bäumt sich auf und galoppiert davon.

An dem Tag, auf den sein Leben und seine Erzählung zuführten, wurden seine Frau und sein kleines Kind von ihrem Haus erschlagen. Die beiden Gäste, die im Auto hatten sitzen bleiben wollen, doch von ihm ins Haus gebeten worden waren, trugen schwere Verletzungen davon; er selber, der unter einem Türsturz stand, als die Böe kam, trug nichts als qualvolle Erinnerungen davon. Er wurde jähzornig und verfiel – zu jenem zerschrundenen Ledergesicht, das wir kennengelernt haben; der Trinksucht, unter anderem.

Das Hohe Gericht, vor dem der Zeuge Marcel Détrais ausgesagt hat, bleibt erst einmal stumm. Es erinnert sich jetzt an den Sturm mit dem altdeutschen Namen Lothar, der über Europa hereinbrach in den letzten Tagen des vergangenen Jahrtausends und Menschen tötete, die, solange sie zu niemandem gehört hatten, kaum Menschen gewesen waren. Es sieht Kirio in dem von Pferdehufen gestampften Kreis stehen, worin der fortgaloppierende Jockey ihn zurückgelassen hat: Tränen ziehen dunkle Streifen über sein staubiges Gesicht. Und es vernimmt mit Staunen, doch weniger ungläubig, als man hätte denken können, wie es zu der unerhörten Begebenheit kam, die der Jockey nun endlich unter Eid beschwören will.

Er habe das Pferd nicht lange galoppieren lassen, sagt dieser. Es sei ein normannischer Traber gewesen, und das Traben habe es bei ihm trainieren sollen. Beim Traben auf dem harten Sand seien das Pferd und er ganz bei der Sache gewesen, alle Gedanken, alle Erin-

182

nerungen seien im schnellen Zweitakt der Hufe zermalmt worden, und so habe er auf dem Heimweg – nach jenem Dezembertag habe er bei seiner Schwester Unterkunft gefunden –, jetzt im Schritt, einen Weg genommen, den er sonst meide und der an dem Grundstück vorbeiführt, auf dem sein Haus einmal gestanden habe. Die Ruine sei lange Zeit immer weiter verfallen, denn er habe das Haus weder wieder aufbauen noch verkaufen wollen. Das Grundstück sei nicht umzäunt, und so sei im Laufe der Jahre immer mehr Baumaterial verschwunden.

Als er sich an jenem Nachmittag im Schritt reitend dem Niemandsland genähert habe, das einmal sein Heim und Jemandsland gewesen war, habe er auf einmal wieder die weit aufgerissenen, erschrockenen Augen vor sich gesehen, die Kirio die ganze Erzählung über auf ihn gerichtet hielt, und aus diesen Augen sei ihm, wie aus keinen anderen je, Trost zugeflossen. Während er sonst das Unglücksgrundstück meide und allenfalls im Vorüberfahren oder -reiten mit dem Blick streife, sei er diesmal davor stehen geblieben und sogar vom Pferd gestiegen. Zum ersten Mal seit Jahren habe er, das Pferd am Zügel haltend, den Ort des Unglücks lange angeblickt, habe die Stelle ausgemacht, wo das Kind gespielt, und jene andere, wo der Sessel seiner Frau gestanden habe. Die Jahre seien weggeschmolzen, so innig habe er an sie gedacht, und im Glutkern der Vision habe er Kirio erblickt.

Wie lange er so gestanden habe, könne er nicht sagen. Sagen könne er nur, was danach geschehen sei: Der Sturm mit dem unstürmisch-spießigen Namen Lothar sei ein zweites Mal über ihm und dem Kartenhaus ausgebrochen. Alles, alles habe sich wiederholt, bis ins letzte Detail habe er alles noch einmal erlebt – nur umgekehrt. Vor seinen Augen habe sich alles Geschehene ein zweites Mal, nur rückwärts und in Zeitlupe abgespielt: der Balken, der die Frau erschlug, sei zur Decke aufgestiegen und habe sich dort zwischen die übrigen Balken eingereiht; Mörtelbrocken jeder Größe seien aufgeflogen und hätten alle Lücken verstopft, als gehe es darum, ein hunderttausendteiliges Puzzle zu legen; wie ein Schwarm Stare, nur viel langsamer, hätten sich die Ziegel auf dem Dachstuhl niedergelassen, und am Ende sei das Kind wieder neben dem Esstisch mit seiner einarmigen Barbiepuppe beschäftigt gewesen.

So. Wie lange denn diese Vision gedauert habe, will das Hohe Gericht von dem Jockey wissen.

Bis heute, erwidert dieser. Vielmehr sei es gar keine Vision, sondern reinste Wirklichkeit gewesen. Von jenem Tag an habe sein neues Haus wieder gestanden und er habe darin sein altes Leben im Kreis oder vielmehr Dreieck seiner Familie wieder aufgenommen.

Das Hohe Gericht hat schon ganz andere Märchen vernommen. Es nickt dem Mann freundlich zu und denkt sich sein Teil.

Wieso er denn so fest überzeugt sei, dass es Kirio

sei, der diese wundersame Zeitrückspulung veranlasst habe, fragt es ihn.

Wer solle denn sonst dafür verantwortlich sein?

Auf diese Frage fällt dem Hohen Gericht auch keine Antwort ein.

Wunder sind dem Hohen Gericht zu hoch. Ob er denn Kirio nach dieser ungeheuerlichen Begebenheit noch einmal wiedergesehen habe, will es wissen. Und zwar nicht im Traum oder in irgendwelchen Wachbildern, sondern in Fleisch und Blut.

Das nicht, sagt der Jockey. Aber im Fernsehen habe er ihn gesehen.

WIE DAS FERNSEHEN UM KIRIO KAM

Was habe er denn im Fernsehen zu suchen gehabt?

Es sei an einem Freitagabend gewesen. Er, der Jockey, habe, ohne zuzuhören noch wirklich zuzusehen, vor den Acht-Uhr-Nachrichten gesessen. Tief im Sessel hängend, habe er ein Bier getrunken und dabei den Stimmen gelauscht – der hellen seiner Frau und der noch helleren seiner Tochter –, die leise aus dem Kinderzimmer im ersten Stock zu ihm herunterdrangen. Plötzlich sei Kirio auf dem Bildschirm erschienen. Auf einem passfotoartigen Bild habe er als ein zur Fahndung Ausgeschriebener hinter der blonden Sprecherin in der Bildschirmecke gehängt und ihn von dort überaus erschrocken angeschaut.

Was er denn verbrochen habe?, will das Hohe Gericht wissen. Wohl wieder jemanden zum Leben erweckt? Irgendeinen Massenmörder oder Kriegsverbrecher oder so was vielleicht, zur Abwechslung?

Kirio habe im Verdacht gestanden, einen Anschlag auf den Präsidenten geplant zu haben.

Was denn für einen Präsidenten?

Na, den Président de la République.

Das Hohe Gericht seufzt, steigt in den Korb seines Heißluftballons und fliegt davon.

Der Ballon schwebt über stille Landschaften hin – Bayeux, Lisieux –, in denen überall neugierige Augen blühen, und landet schließlich in einem Garten in unmittelbarer Nähe des Élysées-Palasts, und zwar ziemlich genau an der Stelle, wo das libysche Staatsoberhaupt vor einiger Zeit sein Beduinenzelt aufbauen ließ. Der nächste Zeuge oder Erzähler, Sie werden es geahnt haben, ist der Präsident der Republik. Tatsächlich ist es nicht einzusehen, warum wir uns Nachrichtensendungen anschauen und Presse-Archive durchforsten sollten, wenn doch das Anschlagsopfer offensichtlich überlebt hat und selbst von den Geschehnissen berichten kann. Der Mann wird ja wohl am besten wissen, was ihm widerfahren ist.

Und jetzt? Interview? Pressekonferenz? Kaum war es in den Luftraum der Hauptstadt eingedrungen, ist aus dem Hohen Gericht ein PR-Team geworden.

Zwei Türflügel öffnen sich, der Staatschef tritt vor und schickt sich an, neben einer dauergewellten Trikolore eine Ansprache zu halten:

Franzööösinnen! Franzoooosen. Ich kann Ihnen heute Entwarnung geben: Die Sicherheit der Republik und ihrer Vertreter ist gewahrt; unsere Sicherheitskräfte haben gute Arbeit geleistet. Indem Sie rasch und mit größter Effizienz eingeschritten sind, konnte das Schlimmste verhindert werden.

Am frühen Nachmittag des gestrigen Tages hat ein

Individuum männlichen Geschlechts versucht, einen Anschlag auf meine Person zu verüben. Es handelt sich ganz offensichtlich um die Tat eines psychisch Gestörten, der sich das Menschenaufkommen am Rande der Tour de France zunutze gemacht hat, um sich in böser Absicht meiner Person zu nähern. Der Angreifer, ein Mann mittleren Alters und unbekannter Herkunft, dessen Gehilfen bisher noch nicht identifiziert werden konnten, ist flüchtig.

And so on. Der Präsident nickt kurz und tritt zurück, allerdings nicht im übertragenen, sondern nur im eigentlichen Sinne, um seine Freude über den zu erwartenden Anstieg seiner Umfragewerte zu verbergen. Wäre Kirio nicht unversehens aufgetaucht, hätte er leicht auf die Idee kommen können, den Anschlags- oder Umsturzversuch selbst anzuzetteln.

Falls Sie wissen wollen, wie sich die Sache wirklich zugetragen hat, sollten Sie sich besser gleich an mich wenden: Aus dem Staatsmann werden Sie nicht viel mehr als diese offizielle Presse-Erklärung herausbekommen.

Also. Es war so: Die Tour de France führte in jenem Jahr mitten durch den schon erwähnten Ort namens Pirou, in welchem der Jockey soeben das erste offiziell von Kirio vollbrachte Wunder bezeugt hat. Sie kennen bereits Kirios Schwäche für das Radschlagen. Was Sie vielleicht noch nicht wissen, ist, dass diese Leidenschaft sich auf den Radsport im üblichen Sinne ausdehnte. Kirio war Fan der Tour de France. Und zum ersten Mal in seinem Leben hatte er Gelegenheit, den ungezählten und unerreichbar schnellen Umdrehungen dieses Wettrennens aus nächster Nähe beizuwohnen. Schon drei Tage, bevor der Tross durch den Ort brausen sollte, hatte er sich einen guten Platz am Straßenrand ausgesucht und wich nicht mehr von der Stelle. Der kurze, zur Gemeinde Pirou gehörige Teil der Rennstrecke war von dieser liebevoll geschmückt worden: Aus allen Kübeln quollen Blumen; Fahnen wehten oder hätten jedenfalls gerne geweht, wenn es nicht ausnahmsweise windstill gewesen wäre; zudem hatte man dekorationshalber Dutzende ausgedienter Fahrräder entlang der Strecke aufgestellt, die im Laufe der vergangenen Monate wieder instand gesetzt und bunt bemalt worden waren.

Dann war es so weit. In Pirou, wo die Sonne immer eine Wolkenspalte fand, auch wenn die übrige Küste unter einer tiefen Hängedecke lag, war die Luft auch diesmal so klar und spiegelglatt, dass der Tag eher zum Schlittschuhlaufen als zum Radfahren einzuladen schien. Der Präsident stand bereits auf der eigens für ihn aufgebauten kleinen Tribüne, als sich von Süden her grollend und pfeifend der sich kaugummiartig dehnende Radlertross mit seinen sämtlichen Begleitfahrzeugen näherte. Was machte der Präsident in Pirou? Shouldn't he be at the Champs-Élysées? Sein PR-Team hatte ihn in den kleinen Ort in dem Département am Ärmelkanal geschickt, weil seine Umfrageergebnisse unter dem Meeresspiegel lagen. Er jubelte den ersten drei Rennradfahrern zu, die vorübersausten, winkte schlaff dem Mittelfeld und tat so, als würde er den letzten zum Ansporn in die Rippen boxen wollen. Kaum hatte er die Tribüne wieder verlassen, um auf dem Weg zu seiner Citroën-Limousine ein wenig säuberndes Bad in der Menge zu nehmen, kam ein unvorhergesehener Nachzügler angefegt, und die Menge stieb auseinander oder wurde von ihm geteilt wie von Moses das Rote Meer.

Dabei hatte er bis zum Schluss widerstanden.

Es war das erste Mal, dass Kirio der Tour de France beiwohnte, und außer mir hatte keiner, noch nicht einmal er selbst, ahnen können, dass die an ihm vorbeiflirrenden Räder einen solchen Sog auf ihn ausüben würden. Wie gerne er mitgeflirrt wäre! Am Ende hielt er es nicht mehr aus. Noch bevor das letzte Trikot hinter einer Kurve verschwunden war, schnappte er sich das erstbeste der Verzierungsräder am Straßenrand und fuhr hinterher. Jedenfalls war das seine eindeutige Absicht gewesen. Eindeutig für wen? Für mich, der ich schon die ganze Zeit ein Auge oder was auch immer auf ihn geworfen hatte. Nur hatte er ein Peugeot-Herrenrennrad aus den 70er Jahren erwischt, dessen Rahmen und Lenkrad derart verzogen waren, dass es auch für Lance Armstrong oder Miguel Indurain unmöglich gewesen wäre, eine annähernd gerade Linie damit zu fahren. Die krumme Linie aber führte geradewegs auf den Präsidenten zu, dessen Leibwächter keine Blitzableiter und deshalb derart überrumpelt waren, dass sie wie jedermann reflexartig zur Seite sprangen.

Ein Wunder gab es diesmal nicht, und wenn, so bestand es allenfalls darin, dass trotz einer in Pirou nie zuvor erreichten Kameradichte keiner die Szene filmte, obwohl sie durchaus filmreif war: Mit Wucht von Kirios rechtem Ellbogen gestreift, wurde der Präsident in Drehung versetzt, aus dem Gleichgewicht gebracht und anschließend von dem wild um ihn herumeiernden Fahrrad erfasst, auf dessen Gepäckträger er momentelang landete und über einige Meter davongetragen wurde, weshalb die Anklage später unter anderem auf Entführungsversuch lautete. Dann schüttelte das Fahrrad den Präsidenten wieder ab.

Es lag in der Natur, nicht der Sache, sondern des Menschen Kirio, dass er zunächst einmal davonkam. Seine Natur war eine flüchtige; weit mehr und noch auf andere Weise, als die allgemein menschliche. Wäre er weniger volatil gewesen, er hätte sein Leben zweifellos entweder im Gefängnis oder im Irrenhaus aushauchen oder -kreischen oder -flüstern müssen. So aber hat er sich nur kurz in letzterer der beiden Institutionen aufgehalten, und dort war es auch, wo wir einander zum ersten und letzten Mal in persona begegnet sind. Ich weiß, ich weiß: Bisher hieß es immer, ich sei keine Person und noch weniger eine Persona, sondern ein schwammiges Etwas. Dabei bleibt es auch. Nur hat dieses schwammige Etwas die unleugbare Eigenschaft, sich innerhalb gewisser staatlicher Einrichtungen zu einem menschlichen Wesen verdichten zu wollen. In der psychiatrischen Klinik von Saint-Lô trug das menschliche Wesen, mit dem ich kurzzeitig identisch war oder verwechselt wurde, den Namen Brice Delisse und war mit der Diagnose »schizophrene Wahnvorstellungen« eingeliefert worden. Brice Delisse hielt sich gleichzeitig für Gott, für dessen Sohn und für den Heiligen Geist, eine Dreieinigkeit, die darauf hinweist, dass von meiner ursprünglichen Schwammigkeit auch in dieser kurzzeitigen, hilfebedürftigen Verkörperung durchaus noch etwas übrig geblieben war. Von seinen Mitmenschen oder vielmehr: von den Menschen erwartete er unter anderem, dass sie sich in seiner Gegenwart bekreuzigten, was sich aber außer Kirio kaum einer zu Herzen nahm und deshalb zu häufigen Missstimmungen führte. Erstaunlicherweise kamen Brice Delisse dennoch in der kurzen Zeit, da Kirio die staatliche Einrichtung beseelte, und trotz der Ehrfurchtsbekundungen, an denen dieser es ihm gegenüber nicht fehlen ließ, zum ersten Mal Zweifel an der eigenen Göttlichkeit an. Im Grunde war es in dieser Klinik nicht anders als überall: Wo immer Kirio auftauchte, konnte nichts und niemand mehr seiner selbst sicher sein; sogar die Anstalt begann sich sehr bald zu fragen, ob sie wirklich eine Anstalt sei oder vielleicht doch eher ein Zirkus oder ein Kirmeszelt. Aus den offenen – was hier bedeutete, gekippten – Fenstern der geschlossenen Abteilung drangen oft volksfestartige Geräusche, die gelegentlich auch in größeren Prügeleien ausufern konnten, und manchmal schon am frühen Morgen Gesang oder jedenfalls etwas, was so ähnlich klang. Auch Kirios Flöte ertönte nicht selten, und zwar bald in dieser, bald in jener Ecke des Gebäudes und manchmal sogar aus dem Wipfel der großen Kastanie, die auf der anderen Seite des Klinikzauns stand, was entweder ein weiterer Beweis für Kirios große Beweglichkeit sein konnte oder auch von der Bereitwilligkeit zeugte, mit der er seine Besitztümer in Umlauf brachte.

Kirios Beine endeten in Füßen: Das war immerhin etwas, was er mit den meisten übrigen Menschen gemeinsam hatte. Wenn die Bewohner der Stadt Saint-Lô am Anstaltsgebäude vorübergingen, konnten sie deshalb an manchen Tagen zwei von Füßen gekrönte Beine hinter einem Fenster vorbeispazieren sehen, woraus zu ersehen ist, dass man Kirio das Auf-den-Händen-Laufen auch hinter Anstaltsmauern (er sagte Handstandsmauern) nicht hatte abgewöhnen können. Sein Kopf aber blieb den neugierigen Blicken der Passanten entzogen. Schau dir mal den Verrückten da oben an!, sagten sie zueinander. Sie setzten auf dem Gehsteig einen Fuß vor den anderen, und aus irgendwelchen Gründen schienen sie daraus einen Beweis ihrer geistigen Gesundheit abzuleiten.

Die Ärzte und das gesamte Pflege- und Säuberungspersonal wurden von Kirio mit der Behutsamkeit und Fürsorge behandelt, die bei Langzeitpatienten angebracht sind. Gerne erkundigte er sich nach ihrem Be-

194

finden, um sie dann in sanftem, aber bestimmtem Tonfall daran zu erinnern, morgens und abends ihre Medikamente einzunehmen. Er selbst hielt für bestimmte der ihm verordneten Pillen, die den Vorteil hatten, ein mangelndes Garderobestück vulgo Zwangsjacke zu ersetzen, ein schwarzes Loch bereit, das nichts anderes war als ein hohler Zahn und das ihm nicht nur zum Verschwindenlassen von Pillen, sondern auch als Fluchtweg diente. Denn es kam der Moment, und das schon sehr bald, da es ihm so scheinen wollte, als hätte er sich lange genug der Weißen Kittel angenommen. Nichts wie weg! Das schwarze Loch war ungefähr so tief wie der Kaninchenbau in Alices Wunderland, und ganz wie bei diesem war der Ausgang unbekannt. Umso besser! Er sprang hinein.

HANAU

Er sprang aber etwas voreilig, das heißt, noch ehe die Anstaltsepisode ganz zu Ende erzählt war. (Just stay where you are, Kirio, wir kommen nach.) Denn bevor er die Klinik verließ, kam es zu einem Ereignis, das den Lokalzeitungen einen Aufmacher und Brice Delisse einen hartnäckigen Schluckauf bescherte. Der Präsident zu Besuch in Saint-Lô! Er traf dort die Arbeiter von Moulinex, deren Fabrik in jenen Tagen von ihnen selbst, vielmehr von hilfsbereiten Nachbarn, in Einzelteile zerlegt und nach China transportiert wurde, und stellte ihnen die Schaffung neuer Arbeitsplätze in Aussicht, und zwar in China, wo sie mitsamt ihrer Fabrik demnächst hinverfrachtet werden sollten.

Okay. Just kidding.

Aber die Moulinex-Arbeiter traf er wirklich. Außerdem nützte er den Aufenthalt in Saint-Lô, um seinem Attentäter einen kurzen Besuch abzustatten und demjenigen gegenüber Großmut zu zeigen, dem er den unverhofften Anstieg seiner Beliebtheitskurve zu verdanken hatte. Das PR-Team hatte die Presse dazugebeten.

Kirio und Brice Delisse waren gerade dabei, Tisch-
fußball zu spielen, als der Klinikdirektor den Präsidenten und sein Gefolge heranführte, zu dem auch
der Bürgermeister gehörte. Die Begrüßung wurde er-
schwert durch ein Eigentor Gottes (des Patienten namens B.D., der sich für den Allmächtigen hielt), dessen
Tormann rasende Vorwährtssaltos vollführte, und das,
bis der Präsident wieder verschwunden war.

Mach dir nichts draus, ich bin nicht nachtragend,
sagte Kirio über die Schulter zu dem Präsidenten, seinen rechten Angreifer im Blick, der den Ball unter
seinen aneinandergewachsenen Füßen eingeklemmt
hielt. Gut, vielleicht sagte er auch: Machen *Sie* sich
nichts draus, obwohl mich das sehr wundern würde,
denn im Allgemeinen behandelte er alle wichtigen
Menschen oder solche, die sich dafür hielten, wie Kinder, und umgekehrt.

Ich war eh etwas spät dran, fuhr er über die Schulter
fort. Und auch, wenn du mir nicht im Weg gestanden
hättest: Das gelbe Trikot hätte ich sowieso nicht mehr
bekommen.

Im gleichen Moment hämmerte sein Rechtsaußen
den Ball schräg an dem saltoschlagenden Torwart vorbei ins Ziel, worauf Kirios Gegenüber einen Schrei
ausstieß, der wohl noch heute in den Ohren der Re-
gierungsdelegation nachklingt und sogar in meinen,
die gewiss gewaltig wären, nachklänge, falls ich welche hätte.

Aaaaaaaaaaaa!

Kirio bekreuzigte sich vor ihm, was ihn augenblicklich beruhigte. Der Präsident lächelte betreten und klopfte Kirio vorsichtig auf die Schulter. Die Journalisten notierten jeden Vokal. Es herrschte eine gute Stimmung in dem Wahllokal. Pardon, das ist jetzt des Reims wegen reingerutscht: in der psychiatrischen Klinik von Saint-Lô, wollte ich sagen.

Als sei dieser ein Koma-Patient oder ein krankes Tier, erkundigte sich der Präsident bei dem Arzt nach Kirios Befinden.

Sie sind doch ein schlauer Mensch, nach allem, was ich höre, sagte er anschließend, zu Kirio gewandt, Sie gehören hier doch gar nicht hin. Sobald Sie wieder obenauf sind, werden Sie wieder entlassen.

Willst du nicht mal ein Stündchen mit deinen Kameraden nach draußen gehen?, gab Kirio ihm freundlich zur Antwort. Du siehst doch, dass ich gerade beschäftigt bin.

Wenige Tage später entließ sich Kirio selbst, noch bevor er entlassen werden konnte, und wir treffen ihn das nächste Mal in Hanau wieder an. Hanau in Hessen. Thats's right. Als Franzose sprach er es »Anno« aus, aber gemeint war nicht Dazumal, sondern der Ort, den wir kennen oder von dem wir jedenfalls schon gehört haben, zwischen Main und Kinzig.

Wie Kirio dorthin kam? Was er dort wollte? Es gibt natürlich die Möglichkeit, *alles* zu erzählen, vor allem, wenn man, wie ich, alles weiß, aber in diesem Fall: Adieu Leserschaft, Adieu Feierabend, Adieu abschließender Buchdeckel. Es geht dann immer weiter und weiter, vom Hundersten kommt man ins Tausendste, irgendwann ist man beim Atom angelangt, und auch hier geht es noch weiter mit irgendwelchen Spaltereien, vor allem, wenn man, wie ich, kein Ende kennt. Kurz gesagt: Er war im Auto von einem deutschen Touristen mitgenommen worden, der in Barfleur Urlaub gemacht hatte und nun auf der Heimreise nach Großkrotzenburg war. Mehr braucht es nämlich nicht, um nach Hanau zu gelangen. Jetzt war er dort, und ich war es auch. Punkt. Über den Wasserweg bin ich ihm diesmal nicht nachgereist, war auch nicht nötig, denn wie der Igel in der Fabel war ich schon vor ihm da.

Auch wenn es unwahrscheinlich ist, dass diese Überlegung für Kirios Reiseroute eine Rolle gespielt hat: Hanau hat den Vorteil, dass ich die Erzählung noch einmal kurz jemand anderem überlassen kann. Es gibt nämlich bereits einen Erzähler vor Ort, vielmehr gibt es sogar zwei davon. Es sind Brüder. Sie heißen Grimm. Die Grimms stehen schon in den starting blocks und warten auf ein Signal, doch wer den Fortgang der Geschichte kennt, ist in Versuchung, ihn noch ein wenig hinauszögern zu wollen. Und so lasse ich die Grimms eine Weile stehen und gönne mir eine kleine Abschweifung:

Es gab eine Zeit, in der weder von Hanau noch von Saint-Lô viel übrig war. Beide waren von den Amerikanern bombardiert worden; Hanau zusätzlich von den Briten, Saint-Lô zusätzlich von den Deutschen. (Dass sich Kirio hintereinander in der einen und der anderen dieser beiden Städte aufhielt, hat übrigens nichts mit dieser Gemeinsamkeit zwischen ihnen zu tun, falls jemand auf eine solche Idee kommen sollte.) Wie sich andere Städte »Venedig des Ostens« oder »Metropole der Mode« nennen, trägt Saint-Lô seit Kriegsende den Beinamen »Hauptstadt der Ruinen«. Die Ruinen hatten damals zahlreiche Hauptstädte, und seither sind wieder neue hinzugekommen. Wer aber hat Saint-Lô zur »Hauptstadt der Ruinen« gemacht? Hier streiten sich die Geister, womit in diesem Fall die Mitarbeiter einer gewissen Internet-Enzyklopädie gemeint sind. Was unter anderem beweist, dass ich tatsächlich überall bin, sogar im Internet. (Bin ich gar das Internet? Eine Art Cloud?) Während einer dieser Geister den Ausdruck Samuel Beckett zuschreibt, der sich '45 ein halbes Jahr im zerstörten Saint-Lô aufhielt und '46 für den irischen Rundfunk ein vermutlich nie gesendetes Radio-Feature »The Capital of the Ruins« betitelte, behauptet ein anderer steif und fest, der Ausdruck sei auf einen aus Saint-Lô stammenden Bischof und Prälaten zurückzuführen, einen Mann also, den wir, trotz seines seltsamen Namens, Jacqueline, wenn er jetzt zur Tür hereinkäme, mit »Seine Durchlaucht« anzureden hätten.

Dieser kleine Exkurs für den Fall, dass Sie sich etwa für Copyrightfragen interessieren sollten. Denn es dürfte kein weiteres Mal vorgekommen sein, dass Beckett und ein normannischer Bischof die Urheberschaft auf ein- und denselben Ausdruck beanspruchen können.

Doch die Geschichte neigt sich ihrem Ende und die Grimms sich immer noch ihren Schnürsenkeln zu. Deswegen jetzt also: Komme, was wolle, come what may, advienne que pourra. Startschuss für die Grimms, die ansonsten Gefahr laufen, einen Hexenschuss zu bekommen. Denn sie sind nicht mehr die Jüngsten, genauer gesagt sind sie, wie wir wissen, schon lange tot, und so spielt sich für sie der weitere Verlauf dieser Geschichte, mag sie auch für ihre Zuhörer längst vergangen sein, in der Zukunft ab. Wilhelm hat als Erster das Wort.

Es wird einmal ein wunderlicher Flötenspieler sein, hebt er an, der wird mutterseelenallein durch Hanaus Fußgängerzone ziehen und hin und her denken, und wenn seinen Gedanken das Futter ausgeht, wird er zu sich selbst sprechen: Mir werden hier Zeit und Weile lange, ich will mir ein paar Freunde schaffen. Und er wird die Flöte aus der Tasche ziehen und eins pfeifen, dass es von allen spiegelnden Fensterfronten widerhallt. Nicht lange, da wird ein Ordnungshüter kommen und eine Ordnung ohne Musik hüten wollen. D'accord, d'accord, wird der Flötenspieler sagen und, kaum weg, wird er schon wieder da sein und hin und her denken, und über eine Weile wird er abermals zu sich selber sprechen: Mir werden hier Zeit und Weile lange, ich will mir Freunde schaffen. Und er wird die Flöte aus der Tasche ziehen und in die Fußgängerzone hineinpfeifen, dass es von allen Fensterfronten widerhallen wird.

Hatten wir das nicht schon mal?, fragt sein Bruder dazwischen.

Da wird eine Dame mit orangerot gefärbtem Kurzhaar und muskulösen Beinen an ihn herantreten und sich demonstrativ die Ohren zuhalten. D'accord, d'accord, wird der Flötenspieler sagen ...

Dass du immer alles zigmal wiederholen musst.

Kaum weg, wird er wieder zurück sein, er wird hin und her denken und nichts mehr zu denken haben und zu sich sprechen und flöten, dass es in alle Einkaufspassagen hineinschallt. Da wird ein blondes junges Mädchen herbeigesprungen kommen ...

... und sie werden glücklich sein und viele Kinder haben.

... und sie wird eine Schwarze Sonne auf ihrem T-Shirt tragen und ihm eine gelbe Münze hinwerfen und sagen, du spielst so scheiße, du kranker Affe, hier, zwanzig Cents, wenn du dich sofort verpisst.

D'accord, d'accord, wird der Flötenspieler sagen ...

... und er wird sich auf- und davonmachen und genug von Hanau haben, aber auf dem Weg wird er abermals seine Flöte erklingen lassen, und diesmal wird er glücklicher sein. Die Töne werden zu den Ohren eines kleinen, schlitzäugigen Mannes mit rundem Kopf kommen, der sich alsbald von seiner weißhaarigen, trotz seines schon fortgeschrittenen Alters die Hand ihres Sohnes haltenden Mutter losmachen wird, ja, er wird nicht anders können, als sich zu nähern und die Musik zu hören. Endlich kommt doch noch der rechte Geselle, wird der Flötenspieler sagen, denn einen Menschen suchte ich. Und er wird anfangen und so schön und lieblich spielen, dass der schwerzüngige kleine Mann wie bezaubert dastehen und ihm das Herz vor Freude aufgehen wird. Und wie er lauscht mit offenem Mund, wird eine Horde Halbwüchsiger daherkommen, zu denen das junge Mädchen von vorhin gehört, und der Flötenspieler wird merken, dass sie Böses im Schilde führen, und der schwerzüngige Mann wird es auch merken und sich vor den Flötenspieler stellen, als würde er sagen wollen: Wer an ihn will, der hüte sich, der bekommt es mit mir zu tun. Und …

Und?

Und die Halbwüchsigen werden es mit der Angst zu tun bekommen und in die Stadt zurücklaufen, der Flötenspieler aber wird noch eins zum Dank spielen und dann weiterziehen.

Das Märchen kannst du einem anderen erzählen.

Ich erzähle es ja auch einem anderen. Bin ich vielleicht dafür bekannt, *dir* Märchen erzählt zu haben?

Ich dachte, du seist bekannt dafür, *mit* mir Märchen erzählt zu haben. Ich kenne die Geschichte aber mit einem ganz anderen Ausgang.

Es ist ziemlich dunkel dort, wo die Grimms sich während dieser kleinen Unstimmigkeit aufhalten, und wir können ihre Bewegungen nur undeutlich verfolgen, doch sieht es ganz so aus, als würde es zwischen den beiden Brüdern in der Frage nach dem richtigen Ausgang der Geschichte zu Handgreiflichkeiten kommen.

Und wer hat nun recht? Wie geht die Geschichte aus? Der eine sagt hü, der andere hott in diesem Märchenplot. Es bleibt uns deshalb nichts anderes übrig, wollen wir uns ein doppelzüngiges Ende ersparen, als das letzte Wort einem lachenden Dritten zu überlassen, und dieser lachende Dritte ist derjenige, der angeblich immer das letzte Wort hat, und der eigentlich ich hätte sein sollen, der ich bis hierhin weder hü noch hott gesagt habe, sondern allenfalls immer mal Hu. Doch bin ich nicht der Einzige, der diese Rolle für sich beansprucht, ja, es gibt da noch einen, der lauter und vor allem, der zuletzt lacht, und dieser Dritte ist … dieser Dritte ist …

WIE DER TOD KIRIO NICHT FAND

In Hanau sind wir also gelandet. Um Hanau kommen wir nicht herum. Ich kann vieles, gewiss, aber es steht nicht in meiner Macht, Hanau zu verrücken; es etwa, wenn gerade keiner zusieht, mit Granada oder Siena zu vertauschen. Hanau Endstation, alle aussteigen, dieser Zug endet hier. Beachten Sie bitte beim Aussteigen die Lücke zwischen Zug und Bahnsteigkante. Auch wenn einer, wie Kirio, nicht mit dem Zug anreist: Irgendeine Lücke gibt es immer zu beachten; und die Lücke aller Lücken trägt in Hanau ebenso wie sonstwo einen kurzen, einprägsamen Namen. Es ist der Name des Letzten Erzählers, des Lachenden Dritten par excellence. Ölüm, smrt, død, death, thanatos, muerte: Du hast das Wort.

Wer jetzt etwa einen furchterregenden Donner erwartet, wird einen Schreck bekommen, denn was da ertönt, ist eine schrille weibliche Stimme, die mich vage an das Organ einer gewissen Frau Kehm erinnert (huhu, Frau Kehm! erkennen Sie sich wieder?) und in leicht hessischem Tonfall ein Gekeife anfängt, das wir hier höflicherweise Erzählung nennen wollen. Sie steht dabei unter der tief hängenden Zwischendecke eines

fensterlosen Büroraums, dessen unfreundliche Kahl-
heit genauso gut in Grenoble, Bratislava oder Hanau
zu Hause sein könnte.

Kirio!, zetert sie. Was glauben Sie, was ich diesem
Kirio hinterhergelaufen bin!

Sie zeigt auf die zahllosen Hängemappen, die neben
ihr in metallenen Aktenschränken wachsen, und aus
deren Falten, wie aus dem Balg eines massigen Akkor-
deons, gedämpfte Trauermärsche steigen.

Eine Unzahl von Fällen habe ich jeden Tag zu bear-
beiten. Und keine Hilfe! Alle festangestellten Assisten-
ten, die ich mal hatte – wegrationalisiert! Überstunden über Überstunden! (Es bräuchte mehr, als diesen
kleinen Zungenbrecher, um dieser Person die Zunge
zu brechen.)

Zielsicher zieht sie, die wir der Einfachheit halber
im Folgenden Frau Kehm nennen wollen, eine dünne
Akte aus dem ihr nächsten Hängemappengestell, wo-
raufhin das große Akkordeon – kaum merklich, aber
eben doch – verstimmt klingt. Sie überfliegt, was darin geschrieben steht, denn sie hat ein schlechtes Gedächtnis, was bei den von ihr bearbeiteten Fällen gelegentlich zu etwas führt, was die Ärzte gemeinhin
Remission oder Heilung nennen.

Sie denken wohl, ich hätte einen leichten Job, keift
sie. Könnte einfach so zuschlagen, wo immer es mir ge-
fällt, und fertig, der Nächste, bitte? Während Sie selbst
zehn Jahre lang Medizin studiert haben und immer
noch keinen Todkranken am Leben erhalten können,

glauben Sie, für das, was ich da treibe, sei noch nicht mal der Hauptschulabschluss vonnöten, ich bräuchte bloß mit den Fingern zu schnippen oder eine Kerze ausblasen und fertig.

Aber liebe Frau Kehm, ich bin weit davon entfernt, Ihre Fähigkeiten zu unterschätzen. Ich weiß doch genau …

Was machen Sie überhaupt hier? Sind Sie schon aufgerufen worden? Haben Sie eine Nummer gezogen? Nein?! Ab in den Wartesaal!

Welchen Ton diese Frau sich mir gegenüber anzuschlagen erlaubt! Wenn die wüsste, wer ich bin! Ach so … ich weiß es ja selber nicht. Also gut, ich ziehe mich vorsichtshalber zurück, zumal Frau Kehms Gezeter vom Wartesaal aus noch laut genug zu vernehmen ist. Diese kleinen Verwaltungsbeamten wissen ihre konfettigroße Macht derart aufzublasen, dass kein Floh mehr durch einen Gang käme, in dem sie sich aufgebaut haben.

Ich werde auf skandalöse Weise unterbewertet und unterbezahlt!, schreit Frau Kehm aus dem Nebenraum. Die Leute machen sich von den Schwierigkeiten meiner Aufgabe keine Vorstellung!

Sie knallt die dünne Akte, die sie in der Hand hält, auf den Schreibtisch und schenkt sich aus ihrer mitgebrachten Thermoskanne einen Pfefferminztee ein. An der Schreibtischlampe hängt ein tannenbaumförmiger Vanillegeruchverbreiter.

Wenn ich nicht so unermüdlich und einfallsreich

wäre, was glauben Sie eigentlich, wer diese ganzen Fälle hier an meiner Stelle erledigen würde?

Frau Kehm richtet sich weiter an mich, als wäre ich noch im Raum, und in gewisser Weise bin ich das wohl auch. Mit ihrem linken Zeigefinger kratzt sie genüsslich über die sogenannten Fensterreiter, die zur Aktenbeschriftung dienen. (Müsste nicht die Tatsache, dass ich das Wort »Fensterreiter« kenne, die Anzahl der für mich in Frage kommenden Wesen erheblich einschränken?)

Hier … für diesen habe ich schließlich einen betrunkenen Autofahrer gefunden, der ihm die Vorfahrt genommen hat … Und dieser da! War gegen alle Bakterien, die ich auf ihn losgelassen habe, monatelang resistent. Da braucht es Ausdauer! Und Metier! Erst als ich etwas ganz Exotisches für ihn aufgetrieben habe, hat er klein beigegeben … Hier diese Frau hat sich in einem Brunnen ertränkt. Kann auch mal vorkommen, dass die Leute einem die Arbeit erleichtern. Selten genug! Wenn aber in den Todesanzeigen steht: Nach langer schwerer Krankheit verstorben – wer stellt sich schon vor, wie viel Aufwand hinter so einer langen schweren Krankheit steckt? Bis man die erst mal so weit hat, dass sie ausbricht! Und zum Ziel führt! Die Leute glauben, es genüge, sich einfach hinzusetzen und abzuwarten. Oder mit einer Fliegenklatsche rumzulaufen und patsch! patsch!

Sie nimmt wieder die dünne Akte von vorhin in die Hand.

Gut … also dieser … Kirio, sagt sie. Den hatte ich schon seit Jahren im Auge. Diese dankbaren Gemüter, die noch alle Widrigkeiten, die ich für sie bereithalte, als Geschenke betrachten, machen mir gar keine Freude und werden deshalb besonders zügig von mir abserviert. Schon als er Kind war, hätte ich mir den schnappen sollen. Habe damals auch ein, zwei halbherzige Versuche unternommen, ihm zum Beispiel einmal, als er auf dem Fahrrad einen abschüssigen Feldweg runtergesaust kam, einen Müllwagen um die Ecke geschickt. Ist aber nichts draus geworden. Ich habe auch noch andere Anbefohlene und kann mich nicht ständig nur um ein und denselben kümmern! In der Irrenanstalt glaubte ich ihn dann gut aufgehoben, da saß er fest und konnte mir nicht mehr entkommen; in diesem guten Glauben habe ich mich jedenfalls erst mal dringenderen Fällen gewidmet. Man muss Prioritäten setzen können, sage ich immer, sonst ist man für diese Arbeit ungeeignet. Und dann war er plötzlich weg. Hatte sich nach Hanau abgesetzt. Nach Hanau! (In die Höhle des Löwen, könnte man meinen, dem hessischen Akzent der Dame nach zu urteilen.) Glaubte wohl, ich kriege das nicht mit. Prompt sehe ich ihn dort, lustvoll ausschreitend, durch eine Straße namens »Krawallgraben« – was sonst! – torkeln. Selten jemanden gesehen, der so froh schien, nach einer langen Autofahrt mal wieder die Beine bewegen zu können. Allerdings bewegte er sie schneller und vor allem anders, als es in Hanau üblich war. Als ob man ihn hätte übersehen können! Wie ein Kreisel, nein, wie eine Münze, die jemand schon halb im Weggehen auf eine Bar-Theke geworfen hat und die auf der Kante über die Zinkplatte schlingert: So kam er vorwärts. Wäre der Mann auf diese Weise durch einen Wald gekurvt, er hätte mit seinen unvorhersehbaren Kehrtwendungen und Schlingen sämtliche Verfolger abschütteln können – bis auf mich natürlich. Aber er kurvte auf diese Weise bis in die Hanauer Einkaufszone. Einkaufszonen lob ich mir! Da mach ich auch gerne meine Besorgungen. Dieser Typ, da war ich mir sicher, würde die nächste davon sein. Aber wie es am günstigsten anstellen? In solchen Fällen muss man die sich bietenden Gelegenheiten zu nutzen wissen. Da kommt einem die jahrtausendelange Berufserfahrung zugute.

Frau Kehm holt eine dreiseitige Nagelpolierfeile aus ihrer Schreibtischschublade und beginnt sich systematisch, mit der gröbsten Feiloberfläche beginnend und vom linken kleinen Finger zum rechten kleinen Finger fortschreitend, die Nägel zu polieren, wobei sie ihren Tonfall mitzupolieren scheint, denn sie spricht jetzt mit leiserer Stimme vor sich hin:

Das Objekt – so sagt sie von nun an – bewegte sich ungeraden Wegs auf den Hanauer Marktplatz zu und setzte sich vor das Brüder-Grimm-Denkmal auf den Boden, um in seine Flöte zu pusten. Seine Arglosigkeit war als eine besondere Form der Gewieftheit einzustufen. Hilfskräfte vor Ort wurden von mir erfolgreich ermittelt. Es handelte sich um sieben Teenager mit niedrigem Erkenntnis- und hohem Aggressionspotential, auf der Suche nach einer geeigneten Zielscheibe; einer von ihnen trug in einer Sporttasche einen Baseballschläger bei sich, zwei andere ein Messer. Alles, was das Objekt an Verstärkung mobilisieren konnte, war ein Mann fortgeschrittenen Alters mit Down-Syndrom. Das Kräfteverhältnis war eindeutig, die Lage denkbar günstig. Um 15 Uhr 47 gab ich meinen Mitarbeitern das Startsignal. Um 15 Uhr 52 war die Mission abgeschlossen.

Wie bitte?! Mission abgeschlossen?, rufe ich aus dem Wartesaal nebenan.

Ruhe da draußen!, bellt Frau Kehm und knallt ihre Polierfeile wieder in die Schublade. Die Mission ist abgeschlossen. Hier werden alle Missionen abgeschlossen! Für weitere Informationen begeben Sie sich auf unsere Website.

Ich verlange, mit Ihrem Vorgesetzten zu sprechen!, höre ich mich zu meinem Erstaunen durch die Tür hindurch rufen.

WHO HAS THE LAST WORD?

Erst passiert gar nichts. Dann reißt Frau Kehm die Tür auf und hält mir einen Spiegel vor die Nase.

Wie … Ich wäre …? Ist das hier vielleicht gar kein Wartezimmer? Wäre diese unangenehme Person womöglich … meine Vorzimmerdame?

In dem Spiegel, den sie mir vorhält, sehe ich ein Zimmer, dessen Ausstattung Frau Kehms Büro ähnelt, doch anders als dieses ein Fenster hat, und durch dieses Fenster kann ich im Spiegel von weitem das Meer erkennen; mein Blick erfasst Heidelandschaften, Bergketten, Steppen und Seen, die als grüne Augen inmitten satter Wiesen schimmern, ich sehe Dohlen und Maulbeerbäume, Seepferdchen und Blindschleichen, einen Fuchs, eine Tüpfelhyäne und falsche Pfifferlinge. Menschen bemerke ich auch einige. Nur von mir selbst finde ich keine Spur.

Frau Kehm bricht in ein penetrantes, hämisches Gelächter aus und knallt die Tür wieder zu.

Dass ich ihr nicht unverzüglich kündige, weist darauf hin, dass ich nicht der Vorstandsvorsitzende eines internationalen Konzerns bin, ja, noch nicht mal einem kleinen Familienbetrieb vorstehe. Zum letzten Mal also: Wer bin ich nun? Und wie geht Kirios Geschichte wirklich aus? Stand es und steht es in meiner Gewalt, Kirio, meinem staunens- und liebenswerten Kirio, in einer gefährlichen Lage zu Hilfe zu kommen? Wenn nicht, so scheint mir, bin ich eine zu vernachlässigende Größe. Hat es sich in diesem Fall überhaupt gelohnt, um mich so viel Aufhebens zu machen? In diesem letzten Kapitel entscheiden sich nicht nur Kirios Sterben oder Überleben, sondern nebenbei auch noch meine eigene Bedeutung und Glaubwürdigkeit.

Wie war es also *in Wirklichkeit*? Ich erwäge kurz, als letzte Erzählerin die Wirklichkeit zu befragen, doch wird mir schnell klar, dass sie die Einzige unter meinen zahlreichen Bekannten ist, die über keinerlei Sprache verfügt. Nicht nur, dass ihr keines der menschlichen Idiome zu eigen ist; sie verfügt auch nicht über eine andere arteigene Sprache, wie etwa die Bienen. Die Wirklichkeit ist sprachlos, sie kann nur da sein oder sich bestenfalls ereignen, andere Ausdrucksformen sind ihr unbekannt.

Aber halt mal … wenn das so ist … und darüber kann es doch keinen Zweifel geben … wenn die Wirklichkeit tatsächlich sprachlos ist … wie könnte sie da das letzte Wort haben?

Es gibt ein altes Kinderspiel, bei dem ein Turm aus Händen entsteht, von denen immer wieder die unterste weggezogen und obenauf gelegt wird, schnell

216

und schneller, und in diesem Turm, der gleichermaßen wächst und schwindet, liegt die Andeutung einer Unendlichkeit.

Der kleine Tänzer stellte sich vor Kirio, Kirio stellte sich vor den kleinen Tänzer, der kleine … Dann war der Kreis, in dem die beiden eben noch gefangen gewesen waren, leer.

Mind the gap!

Eine Ringeltaube pickte Reiskörner auf.

INHALT